KB065333

문학과지성 시인선 597

Mazeppa

김안 시집

문학과지성사

문학과지성 시인선 597
Mazeppa

펴낸날 2024년 2월 23일

지은이 김안
펴낸이 이광호
주간 이근혜
편집 방원경 유하은 김필균 이주이 허단 윤소진
마케팅 이가은 최지애 허황 남미리 맹정현
제작 강병석
펴낸곳 ㈜문학과지성사
등록번호 제1993-000098호
주소 04034 서울 마포구 잔다리로7길 18(서교동 377-20)
전화 02)338-7224
팩스 02)323-4180(편집) 02)338-7221(영업)
대표메일 moonji@moonji.com
저작권 문의 copyright@moonji.com
홈페이지 www.moonji.com

ISBN 978-89-320-4246-6 03810

이 책은 서울특별시, 서울문화재단 '2021년 창작집 발간 지원사업'의
지원을 받아 발간되었습니다.

문학과지성 시인선 597

Mazeppa

김안

시인의 말

언제나 내가 쓰는 가장 좋은 시는
지금 현재 쓰고 있는 시이고, 앞으로 써나갈 시이다.
때문에 한 권의 시집을 묶는 것은
내 모자람을 확인하는 작업이기에 곤혹스럽기 그지없다.
네번째 시집을 엮으면서도 그 곤혹스러움에
방 안을 배회하며 늙었다.

삶의 곤혹스러움은 부지불식간에,
그리고 한꺼번에 찾아온다. 지난 몇 해가 그렇다.
허방에 한쪽 발을 담근 채로, 기억의 근력이 다해가던
가족과 이별해야 했다. 몸과 마음이 한쪽으로 기울어진 채로,
들키지 않기 위해 가까스로 균형을 잡아야 했다.

이 시집에 묶인 시들 또한 그럴 것이다. 겨우, 시 같은 것을
만들고자 했고, 시 같지 않더라도 어쩔 수 없었다.
변명과 다짐. 후회와 기울어진 나무의 행렬.

아직까지 제 아빠의 변변치 않은 직업을 자랑하는 딸과,
나의 가장 오랜, 그리고 최초의 독자인 아내,
나의 뿌리인 아버지와 어머니에게 마음 전부를.

2024년 2월
김안

Mazeppa

차례

2부

3부

해설

1부

Mazeppa

나는 듣는다,

토끼가 겨울나무를 파먹는 소리,

얼어버린 눈동자가 물결처럼 갈라지는 소리.

나는 듣는다, 술로

연명하다 굶어 죽은 시인의 창밖으로 계절처럼

전진하던 기차 소리,

그 소리에 밤하늘의 불꽃이 흔들리고,

낭만과 폭력을 구분하지 못하던 시절과,

죽은 이의 입속으로 들어가는 벌레의 날갯소리,

듣는다,

음독이 묵독이 되는 소리,

기억을 잃은 이들이 거울 앞에 서는 소리,

나는 실패하고,

나는 전진하기에,

이것은 나의 몫이므로.

들판에는 머리만 남겨진 비둘기

창문에는 멍든 구멍들

오만과 부끄러움

죄의식과 편견
무능과 순수
게으름과 욕망

잘못 살았다고 생각하십니까? 꼭 그렇지만은 않을 겁니다. 우리는 누구나……
새로 추가될 약의 이름을 생각한다.
약의 개수만큼 손가락을 접는다.
남겨진 손가락을 귀에 넣고 전진시킨다,
전진,
희망과 삶의 전진.

나는 듣는다,
마지막 우편물에 적힌 주소지에서는
내가 모르는 누군가 하얀 국수를 삶고 계란을 풀고,
누군가 냉장고 문을 열고,
누군가 둥근 식탁에 앉아 누군가와 마주하고,
천사가 떨어뜨리고 간 횃불처럼 환해지는 뱃속.
나는 나의 귀로 듣는다, 모든 마음이 내 것인 양,

바닥으로 떨어지는 그릇,

끊긴 기타 줄처럼 뒤엉킨 국수,

깨진 거울,

선생님, 무엇 하나 지탱할 수 없는 검고 가느다란 언어의 팔을 휘두르는 게 한때 제 직업이었습니다만……

듣는다,

변명을 시작하기 위한 음소들,

우리가 알고 있는 가장 깊고 어두운 약물의 이름을.

시인의 말

내가 젊을 적 쓰고자 했던 것들은 어떤 빈곤함의 형상,
때론 논리와 신랄한 야유,
잠자리 날개 같던 당신의
이마와 별 무리와 당신의 끝,
무섭지는 않았지만
그저 아이일 뿐이었을 때 실수로 듣게 되었던 방의 서
걱임
우연한 바다
우연히 흔들리던 바다의 수상한 노래
그러나 내가 젊을 적 좋아했던 것은
노래나 시조차 될 수 없었던 마음들, 혹은
되레 그런 절대가 있다고 믿는 이들의 어리석음을 향한,
되레 더 절대적이었던 일갈,
결국에는 비어 있는 미로
그 속에서 홍매 빛깔 같던 돼지 속살이 타오르는 리듬에
부딪는 술잔
같은 것뿐이었으나
나는 평범한 사람으로 뒤룩뒤룩 늙었지
이리도

늙고 뚱뚱해져서야

말의 해방, 말의 깊이 따위를 향하여 손 내밀다니

겁도 의미도 없이

그저 남이 되려고 만났던 철없는 애인인 양

하지만

이 또한 사랑이고 삶이라고 해봤자

변명과 술수로 한없이

부끄러운 연옥일 뿐이라서

문학성이라는 뻔한 밀교일 뿐이라서

코케인

시인들 몇과 만나 술을 마셨다. 우리는
제각각의 이유로
제각기 억울하고,
억울한들 취하고 비틀거릴 수밖에 없고, 몸속에
서로 다른 짐승들이 살고,
나무가 죽어 계절이 오가고, 눈떠보니
사람이었듯 시인인 거라서,
서로의 굽은 몸에서 이를 잡아주는 원숭이처럼 묵묵히
서로의 술잔을 채워준다.
우리가 가던 단골집들은 다 망했다고, 그런데
우리는 아직 망하지 않았다고, 망할 것 자체가 없다고,
이 가게도 망할 리가 없지, 이미 망했으니까,
서로의 말꼬리를 물고 농을 던지다 보니 실은
서로가 서로를 미워하는 사이라는 것을 기억해내곤 말
없이
하나둘 사라졌다.

나는 혼자 긴 테이블을 차지하고 앉아서 대체
내가 왜 이렇게 되었나 생각하다가, 음악

몇 곡을 신청하고 자리에 엎드려 눈을 감았다. 눈을 떠 보니
내 앞에는 검은 원숭이 한 마리가 앉아 있었다.
거울 앞에 서 있는 기분이군, 중얼거리는데
그래도 그게 최선이었을까, 중얼거리다 다시 엎드리는데,
거대한 항아리의 둥근 어둠 속으로
가늘고 긴 물줄기가 떨어지는 소리가 들려왔다.
그리고, 이게 어떻게
사람이 될 수 있었을까, 하는 말소리가 들렸다.
그건 분명히 원숭이가 한 말일 텐데
나를 향한 말인지
자신을 향한 말인지 도통 알 수가 없어 고개를 들고 눈을 홉떴다.
창밖으로 갓 꺼낸 빵처럼 모락모락 연기가 나는 달이 보이더니,
검고 두껍고 거대한 손가락이 내 얼굴을 깊숙이 눌렀다.
움푹 팬 얼굴에 손을 넣었더니 아무것도 없었다.
아가미만 남아 있네. 가여워라,

비틀거리며 자리에서 일어나 사라진 얼굴을 찾기 위해 나가려니 짙은

수염의 술집 주인이 아무도 계산을 하지 않았는데 어딜 가느냐며

커다란 손으로

내 머리를 연거푸 두드리고 있었다.

말과 고기

세상의 어떤 글은 눈이나 혀가 아닌 온몸으로 읽어야 하는 것이 있다는데, 그것은 마치 입술과 숨, 말과 영혼, 타락과 교배와 같은 관계 맺음이라서, 붉고 단단한 열매가 나뭇가지에 걸린 채 점점 짓물러지다 땅에 떨어져 갈라지고 벌어지면서 만들어낸, 원망 가득한 망자의 얼굴처럼 쭈그러든 붉은 껍질과 그 시큼하고 하얗고 끈적한 속살에 달겨드는 쇠파리 떼와 같아서, 그런 관계들만 같아서 나 역시 한 번쯤은 꿈꾸는 것인데, 번번이 나는 속절없이 진지하기만 하고 쓰잘데없는 앎의 허영을 좇으니, 그것은 어쩌면 어리석어야만 들을 수 있고 울 수 있고 울며 받아 적을 수 있다는데, 내 손은 마음 없는 전문가들 사이에서 고기나 뒤집다가 마흔이 넘었구나. 허옇고 쭈글쭈글한, 고깃덩이처럼 마음 없는 손이 되었구나. 고기 굽는 전문가인 양 붉은 입속에 고깃덩이 한 점 집어넣고 궁굴리다 보니 그 역시 그들이 토해놓은 말의 겹이라서.

신년회

집이 생겼다. 차가 생겼다. 그리고 빚이 생겼다. 이걸 다 갚을 때까지 행복해할 수 있나. 빚, 빛. 債(빚 채)는 사람과 꾸짖음이 함께하니 눈앞이 새하얗다. 백태 낀 눈은 얼마나 거대한 꾸짖음인가. 하여 그 흰 것밖에 볼 수 없으니 돌아보면 딸은 나보다도 늙어 있고.

사람들은 예부터 동물의 무언가가 제 몸에서 돋아나는 상상을 했다. 날개랄지 뿔이랄지 하는 것들. 눈앞에서 버스를 놓치거나, 아니면 더 더 전 아비를 묻을 도구라곤 가늘고 하얀 양손밖에 없다고 느껴졌을 때, 나는 이걸 어데다 쓰나, 곧 부러져버릴 이 손을 어데다 쓰나 싶을 때.

오랜만에 나간 시인들 모임. 까마득한 후배들 사는 이야길 듣다가, 그 곤궁한 이야기들에 고갤 끄덕이다가, 출근길 차비 할 돈이 모자라 지하철역 앞에서 실없이 웃던 날이 떠올랐다. 눈앞이 하얬다고, 그때도 큰 꾸지람이 있었다고, 그래도 이젠……

술집을 나서니 온통 눈밭이었다. 눈 뒤집어쓴 차들이

한 치도 움직이질 못하고 새끼 잃은 짐승처럼 웅웅. 몇몇은 몸 못 가누고 연신 벽에다 머릴 찧다 벽 속으로 들어가고, 몇몇은 하얀 눈발에 길 잃어 날아가고. 술 취한 아빠 기다리다 늙으면 어쩌누, 큰 꾸지람 기다리고 있어서.

여닫이문

이곳에 있은 지 얼마나 되었을까. 따분하기 그지없는 번잡하고 시끄러운 술자리에서 잠시 벗어나 밖으로 나오려고 했는데, 그렇게 취하지도 않았는데, 습한 날씨 때문인가, 붉은 쇠문을 밀 때 물기 머금은 경첩이 날카로운 소리를 낸 듯도 한데, 잘 열리질 않는군, 있는 힘껏 문을 밀어 몸을 넣었는데, 문이 움직이지 않는 거야. 문 사이에 나는 얼마간 있었던가. 애초에 오지 말았어야 할 자리라고, 이젠 이런 자리가 불편하다고, 대체 누가 이렇게 어둡고 눅눅한 술집을 잡은 건지, 내가 왜 이런 꼴로 여기에 갇혀 있어야 하는 건지 알 수가 없는데, 누구 하나 지나가질 않고, 여기 문 사이에 사람이 갇혀 있어요, 소릴 질러도 아무도 오질 않고, 문은 정확히 내 몸을 길게 반으로 갈라놓고선 꿈쩍도 하지 않는데, 내가 이곳에서 죽는다면 서서 죽는 모양인데, 서서 입적한 선사의 이름이 뭐더라, 그것에 비하면 내 꼴은 말이 아니로군. 내 손은 어디에 있더라. 내가 저지를 것이나 지금까진 생각하지도 못한 악행들 탓인가. 내 맞은편에 앉아 있던 양반은 어디 교수라고 했는데, 조금만 더 잘 보이면 나를 밀어줄 심산이던데, 하다못해 강의라도 몇 개 줄 수 있을 것 같더라고. 다들 그 양반한테 잘 보이려고 나오지를 않는군. 저기, 학생 담배 좀 한 대 주시겠어요? 감사합니다. 이렇게 문 사이에 끼어 있는 상태에선 모든 게 틀렸어. 다음 학기 수입이 반으로 줄겠군. 뭐, 반쪼가리 자작이라고 하지. 지금 내 몸도 반으로 나뉠 것 같으니까. 이봐, 왼쪽. 오른쪽에게도 담배를 주라고. 서로 밀어주지 못할 바엔 조금씩 나누면서 살아야지. 반쪽인 상태로 자리로 돌아가면 어떻게 될까. 왼쪽을 보낼까, 오른쪽을 보낼까. 오른쪽이 낫겠군. 그 양반은 보수니까. 킬킬. 이봐, 대체 왜 웃는 거야. 문 사이에 낀 사람 처음인가.

뒤풀이

내 질문들은 자꾸만 어리석어지고, 어리석어지니 입을 틀어막고, 세상에는 이토록 많은 선의와 이토록 불가해한 다정함이 가득하니, 나는 그저 진부함과 유치함 속에만 존재하는 사람이 되어버려서, 나무 그늘 아래에서도, 그 아래 개미들의 긴긴 행렬을 따라 시선을 이동하면서도, 개미들이 지고 가는 잠자리 대가리와 몸뚱이를 보면서도, 그것들이 한 무리가 되어 들어가는 구멍의 어둠을 내내 쳐다보면서도, 도통 마음에는 뿔도 자라나지 않고 근육도 붙지 않으니, 이 다정한 세상에서 암장당하는 것을 이제 내 몸에 없는 것들이라 치부하고 돌아서자. 내겐 이제 아무런 이야기도 남아 있지 않으니, 이제는 마음껏 세상과 상관하자. 오늘 밤 기름진 테이블에 둥글게 모여 앉아 머리를 맞대고 곱창을 응시하고 있는, 내 육신과 닮은 늘어진 몸뚱이들은, 드잡이하지 않을 만큼만 시끄럽고, 경멸하고, 춤추고, 사랑하는구나, 자글자글 흘러나오는 곱처럼, 기름지고 누런, 한껏 볼만한 영혼으로 차오르는구나.

무의식

결국 텍스트란 과거로 엮인 알몸을 가리는, 혹은 과하게 포장된 베일 같은 것이라서, 그것은 마치 이미 시든 줄도 모르고 꽃술에 엉기는 눈먼 벌레 같아서, 매일의 변주는 안중에 없고 그저 값싸고 흔한 메타포처럼 매번 계절의 신이 바뀐다고 하는 뻔하디뻔한 언어의 조합. 세계의 절반이 어둠이고 그 남은 절반이 빛이라는 뻔한 술수.

노을이 지고,
한쪽 눈구멍에는 태양을,
남은 한쪽 눈구멍에는 달을 넣은 거인의 와상에 소스라칠 때,
등 뒤에서 불쑥 솟아오르는 생면부지의 지난 얼굴들.

피붙이

나는 매일 착한 꿈을 꾸고 꾸준하게 운동도 하는데,
여전히 아버지가 거울 속에 있는 것이다
그래야만 하는 것처럼 누군가의
이전 삶이 그네를 타며
내 얼굴 위를 오가는 것이다
바람이 불어 움직이는 그네
바람이 불지 않아 움직이는 그네
그는 여전히 친절한 사람일까
술에 취하면 난폭한 사람이 될까 칼을 들고
아무리 썰어도 다시 자라나는 손목
뼈가 보이도록 파내고 쑤셔도 지워지지 않는 거대한 점
나는 되짚고 되짚어보지만
이 단단한 물속을 알 수 없어서
물의 억양을 알아들을 수가 없어서
이전의 삶이, 이방의 기도문처럼 나를 읽고 있는 것이다
그래야만 하는 것처럼
그것은 당연한 이치라고 나를 위로했던 한 선생은
공공연한 가계의 비밀처럼
가족들로부터 버림받고 혼자 죽었지

그것은 아름다운 불행이라고 한 작가가 말했지만
보라, 아름다움이 다가온다
그는 목매달고 곧 사람들에게 잊혔지
그 누구도 모르는 채로
누구인지도 모르는 채로 기억되고 있는 것들
경악스러운 마음으로 그 멀고 단단한 바닥을 아무리 밟아도
깨지지 않는 것들
어둠 속에서 지친 마음이 발을 뻗는다
내 발이 아닌 누군가의 발이 닿는 느낌
누군가 내 발을 바꿔치기하는 느낌
나는 죽어 그네가 되겠네

피붙이

그는 시계를 삼켰는지 모른다 매일 같은 소리를 내고 같은 말을 반복한다

디오게네스를 알 리는 없지만, 태양의 눈빛이 얼굴에 검게 박힐 때까지 바람의 서늘한 손톱이 검은 얼룩 위에 가늘고 날카로운 길을 낼 때까지 온종일 낯선 골목을 배회하기도

아니다, 그는 바람을 타고선 태양을 만지고 돌아온 건지도 모른다 이젠 아무짝에도 쓸모없는 뭉툭한 손에 불을 지피기 위해 전심으로 비비기만 한다

그는 걷다가 입적한 고승의 이름 따위엔 관심 없겠으나 난폭하고 넓은 대로에서도 간절히 명상하듯 걷고

그는 지옥이었고 사랑이었고 희생이었으나

그는 무능력이었고 아집이었고 알코올이었으나

나는 그와 비슷한

피부 색깔과 좁은 어깨와 걸음걸이를

가진 탓에

그는 두려움이고 사방 창 없는 벽이고 천장이고

가계의 첫머리였기에

그의 신화가 죽은 화분 위에 버리는 물처럼

마음속으로 흘러든다.

가스피란……

뉴옥시탐……

도네페질……

망각의 하얀 떡잎을 뜯어, 씹는다

당신의 눈먼 아들이 되어

차라리 당신의 눈먼 아들이 되길 기다릴까. 내 눈을 도려내 눈먼 아들로 태어나, 당신의 손으로 장성해 온종일 당신의 말 받아 적길 기다릴까. 이제 입도 없이 얼굴도 없이 당신은 누구와 사랑을 나눌까. 이곳엔 신이 열아홉이나 되고, 당신의 귀신이 내 신발에서 떨어지지 않으니, 내 몸속의 방들로 도망간들 무슨 소용이 있나. 고苦와 악惡을 피해 나는 여기까지 왔는데, 여기는 여전히 중세이고, 나의 말은 여전히 광언기어狂言綺語이고. 언제 나는 다시 태어날 수 있나. 눈 없이, 눈썹도 없이 이렇게 늙은 칼이라니.

그 누구도 죽지 않았네

나의 신은 가난하고 저 잿빛 꽃 속에 갇힌 채 늙어가고, 내 아비의 신은 더 가난하여, 유일한 바깥이라곤 머리 위 창문이나 환하게 텅 빈 뱃속이었는데.

엊저녁 딸아이가 찰흙으로 만들어놓은 가족은 잔물결처럼 갈라져 이젠 먼지 날리는 성소聖所. 거기에서 들려오는 노래를 따라 아득한 누군가 숨이 멎는 소리. 고요로 가득해지는 소리.

그날 이후 우리 중 누구도 죽지 않았지만 여전히 입과 몸과 마음이 제각기 따로 흩어져 있어서 기다리지요. 살아내지요. 엉덩이와 뱃가죽 질질 땅에 끌며 다닐 때까지 누구도 죽지 않을 겁니다.

다만 버려질 테지만, 잘 계십니까, 영영?

그리고 나는 딸아이와 함께 꽃을 꺾어 와 새로운 찰흙 속에 단단히 심습니다. 기대하지는 않겠지만 죽지 않을 겁니다.

천장天葬

신병神病에, 남겨진 맨정신 그러모아 제 입을 찢었다던 먼 친척의 장례식 날, 짓밟혀도 죽지 않는 새포아풀, 바람에 흔들리는 검은 자갈, 양철 구름 사이로 모서리를 가르는 백랍 햇빛, 멀리 피안 너머 염주 달그락거리는 소리, 당신의 비참을 논증해보시오, 곧 미친 정부가 시작됩니다, 장을 채운 불편하게 낯익은 이들이 정치와 국가를, 서로가 지닌 비극의 계통을 걱정하는 동안, 장례식장 옆 낡은 주택 문 앞에 쭈그려 앉아 연거푸 담배를 피우던 회색 노인과 열린 문 사이로 보이던 그가 누워 있던 움푹 팬 자리.

사흘 지나, 아프게 허물 벗겨내 태우고 나니 땅끝까지 눈이 내리고, 다시 둥근 햇빛 퍼져 돌아가는 새벽 기차역 앞에는 서릿발 사이 누군가 나란히 누워 있던 자리.

손아귀 안 말랑하고 둥근 돌멩이들 아교처럼 흘러내리고.

끽다거喫茶去

이른 겨울이므로 사람들의 주머니에 햇빛 몇 잎 부족할 것이다. 투명하게 얼어붙은 숲 자락과 마을. 하늘에서 새 한 마리 떨어지는 소리. 겨울에는 겨울의 소리가 있고 겨울의 언어가 있으므로, 나는 돌아보지 않을 것이다. 거기 언 채로 혼자 서 있는 것들은 차갑고 투명한 저주에 걸려 돌아오지 못하는 것으로 치자. 이것은 사랑이므로 돌아보지 않을 것이다. 이미 돌아보고 죽은 것들 사이로 끝없이 연기되었던 고백, 온종일 우리고 있던 쓴 차茶, 함께 나눈 둥근 모음들, 구겨진 신발 뒤축과, 그 안에 가득하던 바람, 우리를 온종일 떠돌게 만들었던 모든 것을. 나는 이제 제때 차를 우려낼 줄 알고, 가느다란 햇빛 아래 가지런히 찻잔을 놓을 줄도 안다. 그리고 나는 창을 열고 서 있다. 몸과 마음에서 회색 연기를 뿜으며, 낯선 저녁 앞에 선 노인처럼.

입춘

이념도 없고 분노도 없는 계절이 왔다. 마음이 질겨서 봄이다. 이제 나는 한 줄로도 만족하게 되었다. 한 줄만큼의 어리석음이면 족하다. 그 정도의 망신이면 족하다. 부끄러워 봄이다.

까마득한 크레인 위에서 겨우내 사람들이 얼어갔고, 젊은 청년들이 자꾸 죽었지만, 친하지도 않은 이들과 어깨 겯지르고 같이 취해 나뒹굴며 황망하게 흘러 다니다 보니

남편이 되었고 아빠가 되었고 사무실에 앉아 버려져가는 반쪽짜리 노동이 되었다.

나는 버려지기가 무서운 것일까. 그래서 착한 척이나 하는 것일까, 하다가

그저 밤늦도록 취하기 좋으니 봄이다. 가끔 술에 취해 전화하는, 지금은 꽤 잘산다는 친구를 생각한다. 그 친구의 꿈은 아직 시인일까? 내가 생각한 것은 이따위 것이 아니었다. 나나 그 친구나 포즈만을 꿈꾸었구나.

어리석어도 발랄하니 봄이다. 더 더 취하고 추하고 발랄해지자. 취해 더러워지니 봄이다. 부풀어 오르는 것은

꽃봉오리만이 아니다. 흘러내리는 것은 마음의 고름만이 아니다.

발랄하게 터져버리는, 뿌리는 겨울에 둔 채 피어난 섣달 홍매화처럼
봄이 오면
부끄러움 없는 생활이,
술에 취해 급작스레 네게 전화하리라.
선뜻 더러워지리라

백수광부

여보, 이 편지는 매우 길 것이오
기억하다시피, 맨 처음 우리는 강물이었소
함께 흐르며 부드럽게 굴욕당하고
유연하게 증오하는 법을 배우며 여기는 우리가 지은 집
허나 욕망은 결코 닳지 않고
여보, 서로를 닮게 만들지
세속은 우리를 닮게 하고 인내를 닳게 하고
치렁치렁 늘어난 마음의 성난 꼬리를 밟으며
우리의 딸은 이 집을 과자처럼 먹으며 자라나고
시간은 이 어린 기쁨의 사제도, 우리도
서로를 성실히 미워하게 만들겠지만
오, 이 우람한 침묵이 기어이 사랑이라면
왜 그러지 않겠소 사랑이므로
나는 나의 꿈과 잡문 들을 멈출 테지만
모두 잠든 밤, 창밖으로는 붉은 우박이 쏟아지고
나무와 새 들은 도망가고 나는
밤새 귀신의 말을 목격했지
허나 나는 울지 않고 소리 내지 않고
공포와 비탄과 탄식의 음을 들으며

내 옆구리에 철필을 꾹꾹 눌러 받아 적고 있소
여보, 나는 당신을 생각하며 조금 더 길어진다오
나는 조금 더 출렁이며 살아진다오
하지만 나는 알 수 없소
그들의 말 중 어느 것은 먼먼 조상의 것이라서
기억을 더듬어 말의 사슬을 엮다 보면
햇빛이 내 구멍 난 옆구리를 채우게 된 지 오래
이제 이 집에서 내 방을 지워주시오
나는 당신이 내 방으로 들어오게 될까 봐 두렵소
얼굴 없는 기억의 물살에 휩쓸리게 될까 봐 두렵소
여보, 나는 당신의 침묵이 사랑이라 믿고 있소
오, 사랑이라면 가능하다면 나를 멈추게 해주시오
나를 차라리 선뿐인 세속으로 불러내주시오
오늘 밤도 옆구리에서 멸망한 나라의 음악이 들리오
손을 뻗어 창자를 꺼내 하얗게 씻고 있소
밤과 물 사이에서 소리와 어둠 사이에서
잊지 말아야 할 일을 떠올리며

귀신의 맛

설운 마음이 넘쳐서 누워만 있던 오후다. 잠든 딸아이 옆에 누워 머리를 쓰다듬다가 쓰다듬다가 빗소리에 몸을 일으켜 앉으니, 눈앞에 어제 본 귀신이 눈곱을 떼며 마주 앉아 있다. 거 처음 본 표정이로군. 창문 바깥으로 굵고 두꺼운 물방울들이 굽이 흘러가고 있었다. 알 수 있는 것이라곤 아이가 깨면 안 된다는 사실인지라, 나는 조용히 부엌으로 들어가 밥을 안치고, 계란을 풀어 국을 끓여내 단출한 상을 마련했다. 여기에서 단 한 걸음도 바깥으로 나갈 수 없는 것은 매한가지라, 그러니 굳이 척질 필요가 없지. 술에 취하면 성정 사나운 난폭한 사슴 같던 할머니가 종종 했던 말을 떠올린 까닭이다. 잠시 밥상을 뒤로하고 돌아서 창 앞에 서서 바깥을 보았다. 끝을 헤아릴 수 없는 개구부 속으로 꿀렁꿀렁 붉은 물이 쏟아져 들어가고 있었고, 머리 몇 개가 웃으며 뒹굴뒹굴 굴러다니다 그 속으로 빨려 들어가고 있었다. 다시 방으로 돌아와 잠든 딸아이 옆에 가만히 누우려는데, 어느새 깬 딸아이가 밥상에 앉아 국을 떠 입안에 넣는다. 처음 본 표정을 짓고 있었다. 나는 딸아이에게 다가가, 축축하고 주름진 손으로 눈곱을 떼어주었다. 사람의 일이었다. 귀신의 맛이었다.

2부

붉은 귀

지난가을이었다. 할 수 있는 일이 없었다. 온종일 집에만 있었다. 할 수 있는 일이 없으니 읽을 수 있는 책도 없었다. 지난가을이었다. 그러지 말고 사람들이라도 만나지 그러느냐고, 파스칼 키냐르가 말했다. 좀더 정확히는 서가에 세워둔 사진 속, 펜을 든 오른손으로 입을 가린 채 정면을 응시하던 파스칼 키냐르가 말했다. 그건 분명 내가 상상하던 그의 목소리였다. 뭐 그 인간들을? 그럼에도 불구하고 내게 든 첫 생각이었다. 그에게 딱히 답할 말이 떠오르지 않아 못 들은 척 창문을 열었다. 옆집 여자아이가 피아노를 치고 있었다. 이제 곧잘 사람처럼 피아노를 치는구나. 옆집 여자아이의 피아노 소리 위로, 또 다른 피아노 소리가 겹치고, 그 위로 또 다른 피아노 소리가 겹치고 있었다. 아이의 아이가, 그 아이의 아이가 한 방에 모여 힘껏 피아노를 치고 있었다. 이건 음악이 아니에요! 음악은 인간이 만드는 겁니다! 구성된 거라고요.* 나는 자리를 박차고 일어났다. 창문을 닫으려 했지만 아무리 힘을 줘도 닫히지 않았다. 지난가을이었다. 파스칼 키냐르가 나를 보고 있었다. 이해할 수 없는 소설만 쓰는 늙다리 히키코모리 같으니, 나는 집을 나왔다.

집을 나오니 피아노 소리가 멎는다. 인간들, 인간들의 풍경. 그 위로 구름이 흐른다. 구름 위로 구름이 겹쳐 흐른다. 햇빛이 구름을 찢는다. 또 다른 햇빛이 찢긴 틈으로 쏟아진다, 머리 위로 쏟아진다. 어지러워 나는 걸을 수나 있나, 창에 비친 나를 본다. 늙고 있다, 늙은 개 같은 인간 늙은 인간 같은 개 같던 지난가을, 네발로 나는 빈다. 나는 반성합니다. 보세요, 최대한 인간처럼 걷고 있습니다. 마치 미래가 있는, 생활이 있는 사람처럼 웃으며 전활 받고, 네네, 생활이 있는 사람입니다, 나는 반성한다. 반성하니 검고 두꺼운 구름이 휘돌며 몰려온다. 햇빛을 막는다. 거대한 귀 모양의 구름들. 물이 구름을 찢고 쏟아진다. 나는 두 발로든 네발로든 비를 피해, 인간을 피해 뛴다.

집으로 돌아왔다. 창문은 닫혀 있었다. 밤마다 피아노를 치던 아이는 재작년 가을에 자살했고, 곧 그 집은 이 마을을 떠났다고, 피아노를 치던 파스칼 키냐르가 일어나 수건을 건네며 말했다. 그는 다시 낡은 피아노 앞으로 돌아간다. 집에 피아노가 있었던가. 지난가을이었다. 나는 온순히 그 옆에 다가갔다. 그는 내 머릴 쓰다듬는다. 기분이 한결 나아지고 노래는 예견된 폐허 위에서 끝없이 삐걱거리며 이어진다.** 지난가을이었다. 창밖 나무들에는 수천 개의 붉은 귀가 매달려 있었다.

* 파스칼 키냐르, 『우리가 사랑했던 정원에서』, 송의경 옮김, 프란츠, 2019, p. 182.

** 파스칼 키냐르, 『음악 혐오』, 김유진 옮김, 프란츠, 2017, p. 246.

귀신통

너무 오래 바깥에 있으면 폐가 손상될 수도 있을 만큼 추운 날이라고 했다. 이른 새벽 출근길, 나는 아무도 없는 거리로 나와, 이 차갑고 하얀 공기 속에 어떤 날카로운 것이 있는지 생각하며 아파트 단지를 빠져나오던 중이었다. 어디선가 피아노 소리가 들려 고개를 돌리자, 재활용 수거장 한쪽에 버려진 피아노 한 대가 있었는데, 불타는 머리를 한 작은 모험가들처럼 붉은 고양이 서너 마리가 조심스레 건반을 누르고 있었다. 그 소리에도 날카로운 것이 들어 있을까, 나는 점점 멀어지는 피아노 소리를 들으며 이 차갑고 날카로운 공기와 소리가 어떻게 나의 생활을 망가뜨리고 있는지를 생각했다. 그러나 그것이 망가뜨린 것은 폐가 아니었다. 그로부터 한 해 후, 아버지의 기억이 망가지기 시작했다. 숨이 공기가 되고, 공기가 소리를 전달하고, 그 소리가 귀에 가득해지기 시작하면서 지금 현실의 언어들이 더 이상 들리지도 떠오르지도 않게 된 것이다. 어떤 불행들이 시작되고 있다고 생각했다. 그것은 당연한 고통이지만, 그 당연함은 당연할 수 없는 것이고, 각자가 지닌 생활의 질감과 불행이 당연함과 뒤섞인 나름의 무게를 가지고 있는 것일 테다. 마음껏 나의 불행과 다른 누군가의 불행을 견줄 수도 없었고, 이 불행의 밀도를 측량하는 기준 따위는, 다른 이들의 불행 따위는 생각할 수 없었다. 그사이 수많은 사람이 압사되었고, 누군가는 참사 영업이라 능멸하기도 했으며, 광장에 모였던 화물 기사들은 다시 도로 위로 흩어졌고, 장애인들은 여전히 휠체어를 끌고 와 목숨을 걸고서 외쳤지만

얼마 만에 듣는 음악인지 모르겠네.

병원에서 돌아오는 길, 이어폰을 꽂는다. 더 이상 이 세계에 존재하지 않는 피아니스트가 건반을 누르고, 펠트 해머가 현을 두드리고. 때리고 흔들리며 울리는 이 소리가 어떻게 음악이 되는 것인지. 온종일 얻어맞은 듯 멍한 머리를 겨우 받쳐 들고서 입을 벌리면 내 몸에서 빠져나가는 차고 흰 빛줄기. 삭풍에 붉게 올라온 발진으로 가득한 얼굴을 털어내면 쏟아지는 녹슬고 부러진 칼날들. 이 차갑고 어두운 삶 속에 어떤 날카로운 것이 있는지 도통 알 수 없어서.

종언기

불가능해진다. 창을 닦으며 생각한다. 지난번 진료 때보다 선생은 더 늙고 야위어 있었다. 햇빛을 자주 쬐는 것이 좋다던 그의 등 뒤로 암막 커튼이 살짝 벌어져 있다. 날카로운 빛이 선생의 정수리를 가르고 있다. 여기 검게 보이는 부분 보이시죠. 불가능해 보인다. 말랑한 검은 반죽들 사이로 빛— 어제 병원에 가던 길에 우연히 만난 동창은 자본주의의 돼지가 되어 있었다, 벌어진 셔츠, 그렇게 하얀 배는 본 적 없었지. 누가 나를 이곳에 데려다 놓았나. 나는 창을 닦는다. 닦을수록 어두워지는 빛. 아무것도 보이지 않을 때까지 나는 창 앞에 있다. 아주 깨끗해 보이죠. 텅 비어 있는 것처럼 말이죠. 우주보다 아주 조금 모자란 저것을 선생은 가리키며 말한다. 육안일 뿐입니다. 병은 보이는 것 너머에 있어요. 조심하세요. 선생의 어깨 위에 올라타 있는 귀신이 나를 내려다본다. 텅 빈 두 눈 사이를 가르는 빛의 파장. 큰곰자리처럼 보이네요.

*

나는 누워 창밖을 본다. 하얗게 성에 끼는 소리. 지난 겨울 백운호에서 들고 온 돌멩이가 덜그럭거리는 소리. 누군가 오는 건가. 몸을 일으켜 창을 닦으며 생각한다. 불가능하다. 살과 뼈 사이가 벌어지는 소리. 그 틈, 그 우주적 질감. 늙은 새 한 마리가 밤하늘에서 가파르게 떨어진다. 떨림과 빛— 사람의 소리를 지른다. 창을 열고 호흡한다. 날개를 편다.

동백

베란다 끝까지 나를 떠미는 상황이 있다.
베란다 끝에서 내 몸을 떠미는 환상도 있다. 이미
떨어졌으나 여전히 그 끝에 서 있는 눈먼 이생도 있다.
무겁고
헐거운 생활의 목을 천장에 걸어둬도
우울한 조국을 뉘어 증오의 염을 끝내도
부서진 피리가 내는 검붉은 울음소리가 있다.
봄이고
집 앞 가난한 건물들은 불타는 머리채를 흔들며 사람
들을 내쫓고
푹푹 발이 빠지는 하루하루의 진창 위로
다리 없는 새가 있다.
잘 지내고 계십니까, 선생님. 저는 여전히……,
로 시작하는 편지를 쓰지만 그는 몸져누운 지 오래다.
나무들은 날카로운 손톱을 바람의 목덜미에 깊숙이 꽂
아 넣은 채
불안한 춤을 나누는데, 아무리
계획을 세워도 네가 돌아오지 않고
가족이 만들어지지 않는다. 돌아가신

외조부가 처음 본 그림자들과 함께
집 앞을 찾아와 문 두드리며 내 이름을 부르는데
나는 베란다 끝에 버티고 서서,
있다. 붉게 서서히
가죽이 벗겨진 채로

유전

그 누구도 자신의 불행을 견디기로 다짐하지 않는다. 그것은 견뎌지는 것이거나(신은 견딜 수 있는 불행만을 허락한다는 의미에서는), 좌절시키는 것이거나, 견디고 있나 싶으면 어느 사이 얼굴 속으로 흘러들어 굵고 깊게 스미는 것이다. 그것은 때로는 물성을 지닌 것으로 느껴진다. 무겁거나, 거대한 검은빛이거나, 차갑거나, 견딜 수 없이 뜨겁거나, 거칠게 떨리거나. 하지만 그 물성은 만져지지 않는다. 만져지지 않으나, 그것은 서로 다른 몸과 몸이 뒤섞이듯 어떤 기형의 자세를 체득하도록 한다. 그가 죽었을 때 보인 K의 태도가 그러했다. 먼발치에서 장례식장을 보니 K는 상주라도 되는 것처럼 서 있었다. 그런데 그의 몸은 점차 내 눈에서 기이하게 변하기 시작했다. 손가락이 한없이 늘어나 있었고, 바짓단은 점점 길어지더니, 검은 진창처럼 땅바닥에 고여 있었다. 같은 사건을 두고 그와 나는 다른 불행을 겪고 있던 터라, 그리고 아마도 K만큼 그를 따르던 이도 없었던 터라, K 홀로 거대한 불행에 짓눌려가고 있는 것처럼 보였을 뿐이라 여겼다. 그러나 K의 몸이 진짜로 이상해졌다는 사실을 안 것은, 북적거림을 피해, 이른 오후의 장례식장으로 들어갔을 때부터다. K는 나를 보고는 겅중겅중 한달음에 달려와 악수를 청했는데, 길게 늘어난 그의 손가락이 내 손을 감싸고 휘돌며 내 팔까지 올라오고 있었다. 마치 이 불행 속으로 나를 떠밀듯이, 아니 불행의 내부로 나를 끌어들이듯이. 나는 내 팔을 타고 올라오고 있는 K의 손가락을 바라보며, 최대한 사무적인 말투로, 언제부터 있던 거냐고 물었다. 그러자 K의 손가락은 순식간에 짧아져 내 손 안에 작은 돌멩이처럼 들어와 있었다. 나는 사람들을 피해 오후에 왔다고 말하며 마지막 인사만 드리고 가겠다고 전했고, 내게 무슨 말을 해야 할지 고민하던 K의 손등을 두세 번 두들겨주고 지나쳐 갔다. 전날 무리한 탓인지 상주들은 깊이 잠들어 있었고, 실례가 될까 하여, 나는 혼자 서서 조문을 하는데, 어느새 K가 상주 대신 서서 내 옆을 지키고 있었다. 우리는 조금은 멋쩍게 서로 마주 보고 서서, 맞절을 했다. 절을 하고 몸을 일으켜 목례를 하며 바닥을 보았는데, 바닥에는 K의 눈, 코, 입이 떨어져 있었고, 고개를 들어보니 마주 보고 있는 K의 얼굴에 검고 깊은 구멍이 뚫려 있었다. 그 속에서 차가운 회색 연기가 흘러나오고 있었다. K는 내게 자신의 눈, 코, 입을 건네주었고, 나는 조용히 그것을 받아 쓰고선 한없이 늘어난 손가락으로 툭툭 바닥을 내리치며, 장례식장 입구에 적힌 고인의 이름을 확인했다.

아오리스트

그는 어디에 있습니까?
검은 창밖이 갑자기 환해진다.
둥근 빛.
세차게 움직이며 뒤흔드는 빛.
밤의 들판이 갑자기 소란스러워진다.
머리들.
형상 없는 얼굴을 가린 아마포 펄럭이는 소리들.
찢는 소리들.
나뭇가지 부러지는,
사방에서 나무 쓰러지는 소리들.

한때 그는 성난 악기였습니다.
검은 나무와 가느다란 쇠줄을 얼기설기 엮어 만든.
후렴구만 기억하는 노래처럼
결국 기억되는 것은 죄와 치욕의 목록이겠지만,
그것이 세상의 이치라고 말할 수밖에 없지만.
피와 먼지로 엉겨 붙어 있어도,
시간과 바람이 미세한 금을 서서히 전진시키더라도,
그보다 더 세차게 미간을 찌푸리며 말하지,

이것은 여전히 정직한 거울,
소리들, 빛들이.

그의 책은 금서가 되었습니다.
세찬 바람에 무너진 책의 탑에 멈춰 서서
그것을 남몰래 펴 보는 황홀.
보세요, 어린 소녀가 할머니로 태어났어요.
매일의 창문 너머를 두근거리며 바라보기만 하는 왕관
앵무처럼,
머리에 솟은 부드러운 뿔을 기르며
(그것은 한때 유행이었지)
운명과 타락 사이에서
버려졌던 날 선 말들을 고르며,
여기는 언어의 탱크
밑바닥.
흰 페이지들로 손목을 긋는
붉은 밑바닥.

이내 그는 말하겠지만,

죽음이 뛰어온다, 이전의 삶을 물고선.

나는 황홀의 끝에서 그를 덮고선

당신은 여전히 위험한 모험이군요, 그저

매일의 들판으로

생각하소서, 전진하소서.

하지만 여전히

여긴 피와 먼지가 엉긴 거울들로 가득한 방.

투명한 설탕시럽에 모여드는 개미들을 불사르며 노는 아이들의 동공처럼

저주의 주술을 외며 목구멍으로 말려들어 가는 붉은 혀처럼

소리들, 빛들이……

그게 외려 사람의 일이라서,

사람의 광기라서.

대학 시절

우린 조금씩 전진하고 있을지도 모릅니다. 나는 선생의 말을 받아 적고 있었다. 확신에 차 있는 늙은 선생의 흰 셔츠가 바람에 부풀어 올라 있었다, 곧 환하게 떠오를 것처럼. 그 전진은 곧 죽어감을 말하겠지만 말이죠. 노트는 늙은 선생의 말로 빼곡하고, 내 주머니는 군인 시절 철책에서 주워 온 붉게 녹슨 몇 개의 총알과 라이터로 가득했다. 꼽추처럼 부푼 하얀 등 위로 늙은 송충이들이 기어가고 있었다. 곧 날개가 생길 것이다. 씌어질 것과 씌어져야 할 것. 내 노트의 마지막은 그렇게 씌어 있었다. 대학 시절에는 그런 것들을 고민했다. 나는 바깥에 있는 사람들을 쳐다본다. 너머에 있는 사람들. 낡은 노트를 덮는다. 강의 준비를 마친다. 신발을 신으려는데, 발이 없다. 믿음은 언제 끝날까. 늙은 선생이, 노래방에서 여학생을 껴안고 춤을 추며 몸을 쓰다듬는 장면을 본 날도 그랬다. 모두가 박수를 치고 있었고, 난 마이크를 붙잡고 노래를 부르고 있었다. 낮고 얕은 도덕들. 덜그럭거리다가, 걷다가, 전진하다가 귀를 뜯어버렸었다. 통증은 다친 부위에서 발생하는 것이 아니다. 이상을 감지한 뇌가 보내는 멈추지 않는 비상벨. 씌어진 것과 씌어져야 할 것의 거리.

말해진 것들과 기대하는 말들. 말과 몸이 멀듯, 아프지 않았다. 뜯긴 귓구멍 속으로 녹슨 총알을 욱여넣으면, 그것들은 민달팽이가 되어 내 얼굴 속을 기어다녔다, 물속에서 눈을 뜨는 흰 불처럼. 나는 아직 여기 있어요, 여기 살고 있어요. 발이 없다. 발이 없다. 마흔이 넘어도 나는 아직 이곳에 있다. 바람이 불고, 옷이 부풀어 오른다. 집에 돌아와 옷을 벗으면 흰 나방의 붉은 알이 가득하다

눈 이야기

입안에 눈알이 생겼다며, 그는 크게 입을 벌려 붉은 속을 보여주었다. 그가 눈을 뜨자, 입천장에 박혀 있는 단단한 검은 눈동자가 천천히 움직이더니 나를 노려보았다. 죽고 싶을 때는, 내가 먹는 것들이 잘리고 으깨지고, 검은 구멍 속으로 떨어지는 것을 바라보곤 하지. 그는 핏물이 흐르는 스테이크 한 조각을 집어 들고 낄낄대며 말했다. 그리고 그것을 입안으로 넣고 자르고 으깨고 쪼개기 시작했다. 나는 그가 눈을 감고 있는 것인지 뜨고 있는 것인지 가늠할 수 없었다. 기름과 핏물이 고여 있는 하얗고 둥근 접시가 거대한 구멍처럼 웅웅거리고 있었다. 당시 나는 삶에 있어 가장 어둡고 거칠고 기다란 터널 속을 걷는 기분에 휩싸이곤 했는데, 그것은 내 우울의 소리와 무척이나 비슷했다. 그곳은 지옥에 직방으로 내리꽂히는 롤러코스터 같으니까. 으깨질 때까지, 마지막까지 나는 화해하지 못했다. 최선을 다해서 그를, 이 세계를 이해하고 싶었다. 모든 것을 잘게 쪼개야 하지. 그래야 한데 뭉쳐져 나오는 거야, 교향곡처럼 말이지. 헐겁고 기다란 음악이겠군요. 물론 각자만의 취향은 다른 법이니까요. 나는 씹고 있던 고깃덩이를 접시 위에 뱉었다. 지옥 앞까지 갔다 온 것은 이렇게 생겼군요. 당신의 교향곡과 비슷한가요. 그는 다소간 공격적인 나의 태도에 입을 다물었다. 그의 눈에 붉은 물이 차오르고 있었지만, 나는 입안에 있는 그의 또 다른, 나를 노려보던 그 단단한 눈알을 생각할 뿐이었다. 내가 뱉은 고깃덩이에서는 계속 붉은 핏물이 흘러나오고 있었고, 그는 내가 뱉은 고깃덩이가 놓인 접시 위에 물을 부어 웅웅거리는 소리를 잠재웠다. 나는 잘려 나간 나의 혀와 다시 하얗게 된 고요한 접시를 보았다. 하얀빛이 번쩍였다. 병자나 실성한 고아의 머리 위를 맴도는 천사의 빛깔이었다.

카스토르

그는 하얀 접시에 비친 자신의 얼굴을 바라보며 말했다. 소설 같군, 소설 같은 얼굴이야. 그는 고기 위로 칼을 올렸다. 서너 번의 칼질 끝에 질긴 고기를 잘라내 입안에 넣었다. 그리고 나를 바라보았다. 그와 나 사이에는 맑고 차가운 물이 담긴 컵이 하나 놓여 있었는데, 순간 물의 표면이 가볍게 흔들렸다. 유리잔 너머로 그의 눈빛이 친근하게 번쩍였다. 유전이라는 것은 다리가 없는 진리 같아. 봐, 얼마나 손쉬운 서사인지. 그는 자신의 의치를 뽑아 물컵 속에 넣었다. 맑고 차가운 물에 천천히, 다리 없는 핏물이 번졌다. 나는 조심스레 식사를 더 하지 그러느냐고 물었다. 그는 의치가 든 물컵을 휘휘 돌렸다. 물은 붉어지고, 뜨거워지고, 소리를 내기 시작했다. 기억이 가지고 있는 근력이란 참으로 무섭지. 녹음되어 있는 비명처럼 물속에서 소리가 들려왔다. 말의 입장이라는 것이 모조리 아름답고 선한 것들에만 귀속되어 있지는 않겠지만, 나는 생각해보면 경이로울 정도로 착한 과거를 지니고 있다고 말할 수 있었지, 단 한 차례 실수를 제외하고 말이야. 나는 그의 얼굴에 어울리는 장르를 생각했고, 그것은 그 실수와 무척이나 어울린다고 여겼다. 그리고 눈먼 비명 같은 소리가 들려왔다. 그때 너는 어디에 있었지. 나는 이 말이 그의 입을 통한 것인지, 물컵 속 의치를 통한 것인지 분간할 수 없었다. 마치 똑같은 두 명의 화자가 있는 소설 속을 헤매는 느낌이었다. 이제 그만 사실을 밝히지. 그때 나의 아랫배 속을 휘젓고 있던 손의 주인이 누구였는지. 나는 그의 붉고 거친 입속을 보았다. 끝을 알 수 없는 난폭한 신화가 떠올랐다. 나는 고기 위로 칼을 올렸다. 서너 번의 칼질 끝에 질긴 고기를 잘라내 입안에 넣었다. 그리고 붉은 핏물에 비친 나를 바라보았다. 입속에서 피가 요동쳤다.

물과 자전

또 당신이로군. 홀로 앉아 물컵을 응시하던 그가 이젠 포기했다는 듯 말한다. 생계는 어떻게 유지하고 있습니까. 그는 창백한 얼굴을 종이처럼 구겼다. 흘러가는 것이지. 그는 계속 물컵을 응시했다. 흐르고 싶은 마음이 느껴졌다. 그것을 마시면 되지 않을까요. 그는 경멸하는 듯한 눈빛으로 나를 쳐다봤다. 이것이 뭔지 아는가. 물. 물. 우리는 물이어서 결국 흐르다, 흐르다 만나지요, 우리처럼. 텅 빈 식당에 내가 힘주어 말한 것들이 울렸다. 물— 물— 우리처럼— 우리처럼— 그는 물컵에 검지 끝을 담갔다 뺐다. 그리고 컵 주둥이를 힘껏 누르며 손가락을 돌렸다. 그 소리로 나의 말을 잠재웠다. 자네는 물의 소리를 들은 적 없군. 그저 돌아가는 것일 뿐이지. 그는 내게 물컵을 건넸다. 없군— 없군— 돌아가라— 돌아가라— 그의 말이 다시 텅 빈 식당에 울렸다. 나는 조용히 물컵을, 그 안에서 들끓고 있는 것들을 보았다. 그리고 물컵의 주둥이를 감싸 쥐고 그대로 식탁 위로 내리쳤다. 아무런 소리도 나지 않았고, 나의 손바닥은 얇은 종이 쪼가리처럼 찢어져 투명한 물을 쏟았다. 힘껏 흘러가보게나. 그는 식당을 빠져나가고 나의 물은 그를 따라 흘렀다. 그는 창밖의 나무에 올라 밧줄 사이로 목을 넣었다. 천사처럼 다소곳하게 양손을 모았다. 마치 처음 태어난 아기 같았다.

Purgatorium

한 천사가 언덕 위 지붕에 풍경처럼 목매달려 있었다. 얼굴이 하얗고 앳되어 보이는, 꼬불꼬불한 금발을 한, 우리가 상상하던 그런 모습은 아니었으나 천사가 분명했다. 바람을 만들고 있나 봐, 흰빛이다, 세계의 끝이다, 더러운 비명이다, 우리는 천사에 대하여 다양한 정의를 내렸다. 천사는 회색빛의 굵은 머리칼을 지니고 있었고 관자놀이 주변엔 검버섯이 피어 있었고, 마치 죽은 듯했으나 간혹 코를 훌쩍이고 있었다. 깨끗하게 도려내어 활짝 열려 있는 가슴으로 머리에 불이 붙은 듯한 작은 새들이 오갔는데, 가까이 가서 보니 여전히 김이 모락모락 나는 내장 사이로 희고 동그란 애벌레들이 오물거리고 있었다. 새들은 그것들을 물고 나뭇가지 사이 둥지로 들어가 따듯하고 다정한 소리로 울어댔다. 그때마다 천사는 옅은 미소를 짓는 듯했다. 살아 있는 겁니까? 물어도 천사는 답이 없고, 가끔씩 코를 훌쩍였다. 텅 빈 일기장에 쓸 말이 생겼네. 말이 생겼어. 그림도 그려야 돼. 천사님 여기를 봐주세요. 우리가 이 말을 주고받을 때에도 천사는 옅은 미소를 짓는 것 같았다. 아마 코를 훌쩍이며 찡그린 것일 수도 있다. 웃을 리가 없잖아, 이렇게나 가슴이 활짝 열려 있는데. 아냐, 천사는 죽지 않아, 아니 이미 산 적도 없으니, 산 것도 죽은 것도 아니고. 매달려 있는 천사 앞에 모여 앉아 우리는 매일 일기를 썼다. 일기를 쓰다 배가 고프면 우리 중 누군가 천사의 가슴 속에서 오물거리는 하얀 애벌레를 만나라 칭하며 먹기도 했다. 누군가는 얇은 겨드랑이 살 위로 작고 하얀 솜털이 돋아났지만, 아무도 날지는 못했다. 다만 천사가 사라진 후에도 우리 마을에는 간간이 코를 훌쩍이는 소리가 들려올 뿐이었다.

죽음의 집의 기록

그는 완성하지 못한 소설의 마지막 장 앞에 서성이고 있었다. 마지막 장면처럼 발밑까지 낯설고 차가운 바람이 불고 있었고 풀은 다시 자라나 그의 검은 발바닥을 간질이고 있었다. 슬픔의 소녀들은 화관을 쓰고선 바람에 흔들리는 종처럼 그 주변을 맴돌고 있다. 있었다.

그의 소설은 이 '있다'와 '있었다' 사이에서 머뭇거리다가 멈춰 서 있다. 그는 몇 번이고 이 대목을 읽으며 자신의 발을 간지럽혀본다. 왜 풀은 다시 자라난 것인가. 절벽에서 떨어진 피처럼 붉은 그 화관은, 고대 동굴 속 그림처럼 흐릿하기만 한 이 소녀들은 왜 있는가. 있었던가. 하지만 그는 언제나 여기에서 단 한 발자국도 나아갈 수 없다.

쓰던 소설을 덮고 그는 집 바깥으로 나왔다. 봄이 공중을 날아다니고 있었다. 새들은 부러진 나뭇가지를 입에 물고선 흰 불꽃 모양의 나무 위로 사라졌다 나타났다를 반복하고 있었다. 저 새에게 집을 지으라고 명령한 것은 누구일까. 물이 흔들리며 둥글고 투명한 말을 건네듯, 그토록 부드러운 명령이라니. 그는 조심스레 발밑의 풀을 한 움큼 뜯었다. 풀이 끊어지는 소리와 감촉이 손끝으로 번져왔다. 이렇게나 부드러운 명령이라니. 이렇게나 낮고 고요한 둥근 서사의 세계라니. 그는 생각했다. 소설 마지막 장의 첫 문장을.

그는 새가 사라져간 나무 위로 하얗게 빛나는 두 다리를 보았다.

당신을 쓰고 싶었습니다. 바람이, 봄이 두 다리를 부드럽게 흔들고 있었다. 그는 천천히 나무 위로 올라갔다. 그가 올라가는 만큼, 하얗게 빛나는 두 다리도 나무 꼭대기를 향해 올라가고 있었다. 있다, 저기 있다. 그는 손을 뻗었다. 이미 손톱은 뒤집혀 있었고, 붉고 굵은 피가 그의 팔꿈치에 둥글게 맺혀 종처럼 흔들리고 있었다. 손끝에 그 다리가 닿으려는 순간, 그의 육신 어딘가에서, 풀이 끊어지는 소리와 감촉이 번져왔다. 그렇게 그는 나무 아래로 떨어져 내렸다. 정신을 차리자 그의 몸은 움푹 패어 있었고, 그 속에서 연한 풀잎들이 자라나 있었다. 흔들리고 있다. 손을 뻗어 그 풀들을 쓰다듬었다. 간지러웠다. 자목련 꽃잎이 다독거리는 슬픔의 손처럼 그의 머리 위로 쏟아져 내리고 있다.

우연

이 커다란 하얀빛은 절벽 앞에서, 혹은 처음 물속에서 눈을 뜨는 순간 볼 수 있는, 아무것도 모르고 이 기다림 속으로 뛰어든, 크고 어두운 밤의 군대를 지나, 다른 조국을 찾아 떠났던 그가 십수 년 만에 고국을 찾았을 때 눈동자 깊이 느꼈던 불안한 물의 빛깔. 그 삿된 정의를 만들고, 그것을 수호하던 이들은 지금 어디에 있습니까, 왜 그들은 이곳에 오지 않았습니까. 당시 나는 곧 세계가 종말할 것이라고 믿던 한 선생에 대한 탄원서를 적고 있었는데, 아무도 믿지 않았지만 종말은 오지 않았고, 그 누구의 몸도, 어린아이가 놓친 풍선처럼 떠오르지 않았고, 그래봤자 곧 그 몸도 붉고 하얗게 터져버리겠지만, 그날 이후 어두운 복도에서 분명히 그의 얼굴을 보았으며, 연일 계속되는 폭염에 땀을 가득 흘리고 있었으나 그의 얼굴에서 당혹스러운 붉음이나, 그 자신마저도 떠오르지 못했다는 잿빛 절망감조차 없다는 사실에 분노하고 있던 터였다. 그리고 책상 위에 어지러이 쌓인 지난 신문 속에서 오지 않고, 오지 않을 이들에 대해 분노하는 이의 얼굴을 보았다. 그 흑백사진 속 얼굴은 꼭 밤을 움켜쥐고 있듯, 어떠한 기억을 가득 채워 억누르고 있었고, 그 기억의 주머니에 들어가지 못한 어떤 흰 것들이 그의 눈동자에서 고여 있는 물처럼 조금씩 흔들리고 있었는데, 그 절박해오는 기억이라는 것이, 어쩌면 내겐 다시 씌어진 기억과 망각이라는 폭력이 제공하는 안온함 속에 이미 길들여진 탓에, 나와는 상관이 없는 일처럼 멀게만 느껴졌다. 마치 흑백 인쇄된 사진 속 세계와 현실의 총천연색 세계가 무슨 시차라도 존재하듯이. 어찌 되었든 그것들은 아무도 침범할 수 없는 유일한 신앙이라는, 그리고 일어나서는 안 되는 곳에서, 일어나서는 안 되는 사건의 연속이라는 측면에서는 동등하기 때문인지 모르지만, 이상하게도 신문 속 그 얼굴이, 그 하얀 눈빛이 종종 불쑥 떠올랐는데, 그때마다 미처 완성하지 못했던 탄원서가 생각이 났다. 며칠 후 그 선생은 학교에 나오지 않았고, 정말 자기 혼자 떠올라버린 거냐고, 키득거리는 것마저도 잊을 때쯤, 한 지역신문 사건사고란에서 동네 하천에서 익사한 시체를 발견했는데, 하천의 수심이래봤자 무릎께도 되지 않고, 이미 근 한 달간 가뭄이 이어져, 타살의 흔적이 있는지 국과수에 알아보는 중이라는 내용의 기사를 보았다. 그리고 이름을 보았다. 며칠 후 후속 기사에서 스스로 익사할 때까지 자기의 머리를 하천에 담그고 있었다는 덤덤한 사건 결과 발표와 종말 휴거 도박 이혼 하얀 빛 폭력적 성향 불온사상 기억 마약 상습도벽 물 면직 정신병력 조국 망명 귀국 불안한 물의 빛깔 음독자살이 이어졌다. 같은 이름이었다. 밤이 끝나도 하얀 꿈이 계속 이어질 뿐이었다.

젖은 책

젖은 책을 볕 아래 놓고서 텅 빈 몸을 생각한다.
몸을 덮고 있는 오래된 티셔츠,
늘어난 목,
오후 내내 뜯어내도 다시 생기는 보풀을 생각한다.
울고 주름지고 헐거운 삶. 바싹 마른
페이지를 조심스레 펼칠 때 책은 처음 날개를 펼치는 새의 소리를 낸다.
그 소리를 내기 위해
입을 다물고 입속으로 들어가 다시 입을 다문 채
올곧이 앉아 아이를 기다린다.
한 페이지, 한 페이지 펼치며 들으며
아이가 돌아오면 들려줄 소리를 내 몸에서 찾는다.

마음이 앞서면 책이 찢어지고 아이는
돌아오지 못한다.
사냥꾼의 감긴 눈에 고이는 죽음의 물 같은
가장 무거운 투명으로 붙은 페이지들.
흩어지고 찢어진 글자들, 밤사이
고양이가 장난치다 집 앞에 버린 가슴이 열린 작은 새.

보이지 않으나 망각되지 않는 것들이,
망각되지 않도록 부서진 것들이,
그래서 끝나지 않는 것들이,
엄마 잃은 별들이
남몰래 이주한 곳.
돌아오지 못하는
무서운 물속.

귀를 막고
귀를 막고 있는 손가락이 유령처럼 흘러들어 가고,
고이고,
고인 채 딱딱해지면
자유로워진 두 손이 거칠어진다.
아이는 영영 돌아오지 않을 것이다.
두 손이 허공을 가른다.
나의 말이 나의 몸을 밀어낸다.
두 손이 입을 막는다.
결국 스스로 풀어지는 덩어리.
풀어져 쌓인 젖은 옷들.

나는 책을 펼치지 못한 채,

젖은 알몸을 별

아래

누인다.

마흔

저이들은 얼마나 서로를 사랑할까?
길거리에서 꼭 껴안고 있는 젊은 연인을 보며
생각해본다. 저런 감정
따위야 이제 와서 내게 무슨 소용이 있나.
여름의 끝이구나,
매일이 축제이고 도륙이고 정의구나, 도리어
사람 떼구나,
사람 떼인 세상,
세속의 사랑이란 것은
마음이 육신이 되어 사람인 양 껴안고 핥다 지겨워 외따로이 걷는 것일 뿐,
이라 쓰고선 부끄러워 지운다.

눈을 돌려 좋은 시절을 타고난 천재들의 책을 읽는다.
반대 경우에 있던 이들의 책을 읽는다. 난 운이 좋아
가정을 이루었구나.
변두리지만 서울이구나. 자본주의구나.
더 이상은 부끄러울 수 없으니
이제 그만 써도 되지 않을까, 늙은이처럼

되뇌다가도 이게 무슨
쓸모라도 있는 양 궁리하고 생각하고 쓸 뿐, 이게 무슨
접신接神의 매질인 양.
부끄러움도 모르는

젊은 연인은 이제 보이지 않고,
바람피우다 걸렸다는 한 어른의 낯짝을 떠올린다.
낯짝에는 두껍다는 말이 따라붙는다.
사랑은 두꺼운 것이로구나.
너도 나도 두꺼워지는구나.
눈꺼풀도,
이마도,
손가락도,
뱃살도, 여름 햇살도
두꺼워지는구나.
두꺼워 통증 없는 것이 사랑이구나.
그것은 이제 내가 영영 모르는 것인데,
내 살덩이들만은 용케 알고 있는 것이로구나.
요행히 여태 미치지 않았으니,

이 문장을 끝내지 못한 곳에서

망각이 용서를 낳는다고 했던가, 그 용서가 영혼을 병들게 만든다고 했던가. 딸아이와 함께 나온 초저녁 산책길에 본, 죽은 나무 그늘 아래 죽은 잿빛 비둘기와, 죽은 새끼 고양이와, 이미 죽어 있던 것들, 갓 죽은 것들. 울던 딸아이를 달래 그네에 태우고 힘껏 밀다 보면 집집마다 뿌옇게 등 켜지고, 딸아이는 죽은 풍경을 잊고, 그네를 타며 작고 둥근 머리를 치켜들고 제 집이 몇 층인지를 헤아리고, 그렇게 높고 가파르게 적재된 가정들 틈에서 나는 선한 의지와 땅과 몸, 얕고 서글픈 역사, 눈 밖에 있는 자들 등만을 딴에 멋지게만 기억하려 하겠지. 어쩔 수 없는 걸까. 과연 그럴까? 그럴 수밖에…… 이 문장을 끝내지 못한 곳에서, 이렇게 함께 너와 느릿느릿 춤추다 어리석게 늙어가면 좋겠다만, 나의 무능과 실패로 짠 지옥이 자칫 네게 시작될 것만 같아서. 차마 이 부끄러움 속을 너와 함께 걸을 수 없어서.

엘레지

이번 겨울은 조금 따뜻하게 보내고 있습니다.
아이는 불룩해진 벽의 배를 꺼뜨리며 놀고 있습니다.
그래도 더 이상 벽에서 검은 물 흐르지 않아서,
마음의 부력은 덜합니다만, 간혹
사람의 장례처럼 긴긴 개미 행렬이 손등 위로 기어갈
때나,
창문 앞에서 얼어 죽은 고양이,
부엌 구석에 핀 이상한 꽃에 놀라기도 합니다.
이번 겨울에는 하늘 끝에서 기러기 그림자 지워지지
않아
사람들 모여 앉아 수군거리기도 하고, 누군가는
서둘러 이 마을을 떠났습니다.
한차례 폭설.
모두가 눈사람을 만들 적에,
아이는 구석에 쭈그려 앉아 지두화指頭畵를 그렸습니다.
이제 거기에도 당신의 이목구비,
없습니다. 새벽녘 몰래 일어나
바깥으로 나와 아이의 그림 위에 잿빛 눈을 흩뿌립니다.
하늘에는 여전히 기러기 그림자 박혀 있습니다.

그림자로만 남아 있는 마음.

몸도 없이 겨울의 영토를 거슬러 날아가는 억센 날개.

나는 달리지 못하는 말의 신세지만, 여전히

새벽의 순한 빛의 조각들 모아

모음 같은 음악을 만들 수 있습니다.

아직도 그 첫 음을 기다리고 있다면,

검은 물 품고 있는 구름을 지나, 저 박명 거슬러

당신이 누워 있는 그늘진 오솔길로 내처 달려갈 수 있습니다,

이미 죽은 방 함마로 잘게 부숴

온종일 머리 위 창밖을 보며

눈을 기다리는 아이의 창에 뿌려주고선.

그러나 창에는 당신의 얼굴,

여전히 없는.

3부

우나코르다

엊저녁 돌아가신 아랫집 할머니가 집 앞에 서 있었다 어서 깨끗한 물을 떠 오라고 했다 할머니는 손녀딸의 신발을 물에 씻고는 신발 속에 바람을 넣어야 한다며 빨랫줄에 널어놓았다 비가 오는데요, 할머니 엊저녁 할머니가 돌아가신 후 손녀딸이 내내 방에서 울기만 했다고 같이 놀 친구가 없어서 심심하다고 이틀 내내 비가 오고 뱀풀이 가슴까지 자라고 신발이 영영 마르지 않겠어요 빨랫줄에 걸려 쥐 새끼처럼 파닥이는 신발을 보며 중얼거렸다 말과 입김이 훌훌 뿜어져 나왔다 하지만 영영 바깥으로 나오지 않아도 괜찮다고 이제는 무릎이 부드러워졌다고 이제는 신발이 없어도 괜찮다며 바람이 가득 찬 신발을 내려놓았다 어느새 집 앞은 범람하는 검고 단단한 강물이었다 그리고 저 혼자 강물 속으로 걸어가는 신발 우나코르다 아랫집에서 들려오던 울음소리가 조금씩 잠잠해지고 대들보 위로 검푸른 구렁이 흘러가는 소리가 들려왔다

마중

아무도 데리러 오지 않아서 나는 아주 긴 이야기를 만들고 있었다. 뭉텅뭉텅 떨어진 자목련 꽃잎은 유령처럼 부드러웠다. 봄이면 옆집 할머니는 집과 몸을 내어주고 자줏빛 옷으로만 남겨져 골목길 어귀에 펄럭이고 있었다. 제 엄마가 돌아올 때까지 병든 할머니를 주무르기만 하던 옆집 여자아이는 날마다 손이 작아지더니 이내 한쪽 팔이 없어졌다. 어느새인가 내 옆에 다가온 여자아이가 사라진 손을 뻗어 내 볼을 만졌다. 볼에는 아주 가늘고 긴 고랑이 여럿 패었다.

그날 밤 조용히 가는 비가 내렸고, 나는 길게 늘어나 머리와 발끝이 양쪽 벽에 닿아 있었다. 아주 길고 질긴 이야기구나, 창문 밖에서 할머니가 된 옆집 여자아이가 책을 덮으며 내게 말했다. 아직 아무도 데리러 오지 않았어. 아이가 가느다란 손가락으로 물에 잠긴 숲을 가리키자, 손가락이 빗물에 지워지고 있었다. 끊을 수 없는 손목처럼 질긴 빗속에서 휘청거리며 나무 몇 그루 뒷걸음질치며 걸어 나오고 있었다. 볼 위에 무거운 꽃잎을 덮어주었다.

도깨비불

동네 아이들이 모두 사라진 후 저녁 아이가 되어 골목 어귀 쭈그려 앉아 퇴근하는 엄마를 기다리던 어느 날이었다. 검은 나무 아래에 움직이는 무언가가 있어 다가가 보니, 둥지에서 떨어져 날개 꺾인 작은 새가 있었다. 새는 나를 보고선 두려움에 발톱을 동그랗게 오므렸다. 조심스레 새를 쥐고선 박명 너머 까마득한 하늘 끝에 걸린 둥지를 올려다보았다. 어떻게 해야 하나 생각을 시작하기도 전, 새가 있는 힘껏 내 손을 쪼았다. 나는 그만 새를 떨어뜨렸고, 그 작은 새가 거무튀튀한 흙바닥에 닿기도 전에 난 눈을 질끈 감고선 집을 향해 뛰어가 이불 속에 웅크렸다. 손바닥에 뚫린 작은 구멍에서 바람 소리가, 먹구름이 흘러가는 소리가 들려왔다. 살갗을 가진 그 소리를 손바닥 안에 쥐고선 나는 지친 엄마가 돌아오기 전까지 이불 바깥으로 나가지 못했다. 그날 밤 내내 내 손은 문간을 왔다 갔다 하며 내 등을 두드렸다. 다음 날 아침 등굣길에 그 자리에 가보니 작은 물웅덩이에 검은 나뭇잎 하나가 동그랗게 말려 있었고, 물의 살결 위로 균형을 잃은 잿빛 불꽃 하나 반짝였다.

기일

어두웠다. 나는 무서워했거나, 아니면 쏟아지는 잠에 정신이 혼미해져 있었다. 누군가 내 머리맡으로 다가와 말을 걸었다. 어젯밤에 옆집에 불이 났었잖니, 어찌나 환하고 뜨거운지 돌 속에 잠들어 있던 네 조상들도 깨어날 것 같더라고. 글쎄 가족이라는 사람이 어찌 그럴 수 있는지. 나는 감기는 눈을 다시 치켜뜨고 그 쉴 새 없는 수다쟁이를 쳐다보았는데, 거기에는 아무도 없었다. 아니 좀 더 정확히 말하자면 빛의 차가운 알갱이들이 부유하고 있었는데, 그것은 먼지보다는 크고 둥글고 희미하게 반짝이고 있었다. 희뿌연 어둠을 밀어내고 몸을 일으켜 앉으니 그것들은 잠시 인간인 듯한 형체를 그리며 모여들다 흩어졌다를 반복하고 있었다. 내가 키우던 개는 죽은 지 오래란다. 봐라, 이 텅 빈 목줄을. 그 소리는 내게 텅 빈 목줄을 건네주었다. 정확히 말하자면, 그 소리를 듣고 나는 손을 내밀었고, 둥글게 오므린 손바닥 안에 흰빛의 알갱이들이 내려앉았고, 그것들은 천천히 응고되더니 환하고 뜨거운 돌이 되었다. 정말 불이 났었나 보네요. 나는 이 모든 것이 최근 얻은 새로운 일 때문이라고 생각했다. 좀체 끝나지 않는 단순 업무에 시달린 탓이라고, 피로와

의지와 숙취의 문제라고 여겼다. 무언가 손가락을 깨물어 바라보니 손아귀 속 돌이 작은 쥐가 되어 내 손을 빠져나가려고 발버둥 치고 있었다. 나는 해맑고 난폭한 아이처럼 쥐의 꼬리를 잡고 빙빙 돌리기 시작했다. 쥐는 곧장 하얀 불꽃이 되려는 양 소리를 질러댔는데, 그 소리는 어린 시절 아버지의 굵고 검은 손이 거칠게 내 얼굴로 향하던 순간 터져 나온 비명과 닮아 있었다. 개처럼 울어도, 가족이라는 사람은 그럴 수 있지요, 가족이니까. 이미 그 아이는 죽었습니다, 맞아서. 당신은 어디에 계셨나요. 빛이 소란스럽게 움직여댔다. 그것들은 두려워하고 있거나, 후회하고 있거나, 질책하고 있었다. 하지만 이것을 그냥 자라도록 두면 어떨까. 네가 먹을 걸 좀 나눠 주렴. 그 목소리는 분명 다른 이의 목소리 같았지만 나는 그것을 조용히 내려놓았다. 그것은 재바르게 잠든 아들 녀석의 검푸른 눈두덩 속으로 사라졌다. 머리가 깨질 것처럼 지독한 타는 냄새. 아들의 얼굴은 수십 년 전 맞아 죽은 내 얼굴과 닮아 있었다.

엠페리파테오

눈이 오면 땅은 몸에 박힌 발자국을 밀어낸다.
발자국이 향하고 있는 끝에
네가 있다.

잠깐 기우는 나뭇가지 따라
너의 이름이 미끄러진다.
별도 잠깐 낮아지고.

눈의 단념에는 모서리가 없어서
굶주린 고라니 허기를 달래고
조심스레
눈은 땅의 타악打樂을 덮어주는데

나는
나무가 되지 못하고
고라니가 되지 못하고
별도 아니어서
네가 있어
제자리에서 발만 구르며 끝을 바라볼 뿐인데

그건 병든 몸을 바라보는 신비주의자의 믿음이라고
저 빈 하늘
저 차가운 하늘
가득

새 한 마리
제 그림자를 움켜쥐고 날아가자
어둠이 눈발처럼 날리기 시작한다. 이제는 착하게만 살 뿐.
쓸 뿐.
살아내 써낼 뿐.

소리경

그 숲으로 들어가 나는 어떤 소리에 도달했는데
두꺼비를 닮은 구름
불꽃을 닮은 구름
과잉된 구름들이 미루나무 꼭대기에 걸려 찢겨져
아래로 아래로 흘러내리더니
백발 봉분 부글부글
끓어오르며 나를 덮쳤네
나는 생각한다 나는 생각한다……
나는 생각을 해낸다
되뇌는 건 내가 아닌 광기의 몫, 게거품의 몫이던가
이 생각과 생각의 소리가 만드는
아무렇지 않은 이 백지의 지옥은
둥근 눈알 닫고 보면
출구도 입구도 없는 숲이니
아니 빠져나갈 이유를 찾을 수 없는 미로이니
말라붙은 나뭇가지 바람에 부러지는 소리,
말라붙은 나뭇가지 바람에 날아다니다 서로 부딪는 소리,
부딪는 모든 것 불꽃이 되는 소리,

혹여나 내가 듣게 될 소리,
듣고 싶었던 소리 따위는 애초에 없었는지도
나는 어쩌면 이 시끄러운 숲에 들어서기는커녕
잠든 나의 성스러운 가족이 깨지 않도록
이 눅눅한 방 바깥으로 한 걸음도 나가지 못한 것이 아니던가
생활, 생활 속에서 그저 용서받는 광기만을
아늑한 광기만을 구하고 있었는지도
몸의 절반이 구름이 되어 날아갈 수 있을까
몸의 절반이 쏟아내는 한때들
한때 흐림, 한때 폭우
한때들이 만드는, 한 떼의 폭음
나의 절반은 얼마나 아름답게 떨어져 내렸던가
나의 반쪽 입은 얼마나 고요하게 소리쳤던가 마음껏 무력했던가
아니 내게는 그런 공포가 있었다
기억의 틈새마다 주사된 공포의 소리
굶음의 소리, 겁에 질린 소리,
벗어날 수 없다고 내게 되먹이는 대물림의 소리

그 숲을 통과했다 생각하자, 생각하자, 생각을 해내자
내가 물려받은 것은 구멍처럼 쪼그라든 이 방과
언어밖에 없구나
생활과 문학이
비루와 추상이
길과 숲이
구름과 과잉이
젖은 채로 서로를 향해 짖어대다 허물어져 내리는 소리뿐
말이, 미쳐 죽은 조상처럼 짖는 텅 빈 소리뿐

불이과不貳過

실성한 여자가 왼종일 강 건너 산을 바라보고 있었다 가끔 소리를 냈다 어서 오라고 사나흘 전부터 예배당에 나가기 시작하시던 할머니는 그 여자가 바람난 남편이 도망간 후 자식들을 가마솥에 넣어 삶아 먹었다고 했다 나는 그 말을 믿고선 늘 멀리 서서 몰래 그 여자를 지켜보곤 했다 어서 오라고, 아니 오지 말라고 옛날에는 나직한 자장가였을 '소리'가 강 건너 산을 미치게 만들고 강물 들끓게 만들고—

펄럭이다가 힘없이 늘어지던 늘어져 있다가 털썩 주저앉던 그 여자의 머리칼을 꼭 닮은 버드나무신神을 지나 부처를 지나 예수를 지나 낮모를 조상들을 지나 왼갖 신의 말씀들을 삶아 먹던 할머니가 떠나가신 후 물은 잠 못 이루고 그 위로 새로 생긴 수십 개의 높은 다리 위로 풍요와 치욕의 자식들이 넘나들었지만

칭병을 하고선 다시는 돌아가지 못했다

간절곶

나는 몰래 집에 사는, 어린 딸아이가 바닷가에서 몰래 들고 와 어느 구석에 놓아둔, 그리고 곧장 잊어버린 돌멩이가 되었고, 돌멩이가 둥근 배를 부풀리다 커다란 한숨을 쉬다가, 유통기한 지난 통조림처럼 냉장고 구석 곰팡이 슨 사과처럼 유행 지난 철학서나 읽으니, 차고 아름다운 말만 고르며 온종일 앉아 있다 보니, 딸아이는 어느새 자라나 책상 옆에 지층처럼 쌓인 문예지 속에서 내 수줍은 얼굴을 찾아낸다.

배고프지 않은 저녁, 나도 모르는 새 책상 위에 놓인 돌멩이들처럼 딸아이와 나란히 앉아서 써본다 천천히 썩고 닳아가는 세간 같은 이름들, 각지고 투명한 이름들, 녹아 발밑으로 흘러 긴긴 세월의 평행선이 될 이름, 말의 곶에 숨겨진 이름 모를 것들을

여름의 빛

천사들을 위하여 나는 저녁 식사를 준비하지. 언덕 사이마다 여름과 함께 솟아오르는 소리 없이 맴도는 말을 준비하지. 은백양의 송곳니 같은 나뭇잎을 깔고 그 위로 붉은 우유와 주먹보다 커다랗게 자라난 떠도는 돌을 놓고 식칼과 끓는 기름을, 천사들을 위하여 검은 장미의 피를 입술에 묻히고서 여름의 빛과 고통과 소금의 맛을 준비하지. 흐르지 않는 물과 진홍빛 화관을, 노란 불꽃의 노래와 내가 들었던 마지막 낱말을. 그리고 그것들을 벼랑처럼 쌓아놓고 함께 나눌 신비주의자의 병든 육신을 준비하지. 그리고 붉은 저녁이 오기를 기다리지. 눈을 감고 병들어 굽은 손가락을 내려놓으면 오, 누군가 초록 유리 조각들 밟으며 다가오는 소리, 어제저녁 찾아왔던 죽은 동생의 말을 입술에 옮기면서.

마차 타고 고래고래

오래된 유원지 앞, 늙은 말이 끄는 마차를 탄다. 말보다 까맣고 늙은 마부가 마차를 몰고, 이 유원지를 수천 번은 돌고 돌았을 말은 눈을 감고 또박또박 걷는다. 우리가 탄 마차 옆으로 다른 마차가 지나간다. 뒷자리에는 더위에 지친 가족이 무표정하게 앉아 있다. 마부들이 손을 들어 인사한다.

고삐를 꽉 잡으라고, 떨어지겠어.
오늘은 허탕이야.

또박또박, 늙은 말이 걷는 소리만 들리는 여름 오후, 입안에 모래가 서걱이는 오후. 우리는 마차에 앉아서, 얇은 날개를 퍼덕이는 열기 속으로 흘러가는 유원지를 바라본다. 몇 년 전 왔을 때만 해도 이렇지는 않았는데, 이젠 사람보다 말이 많은 것 같네. 그리고 다시 또박또박, 늙은 말이 걷는 소리만 들리는 여름 오후, 건너편에서 아까 지나친 마차가 다가온다. 뒷자리에는 서로를 꼭 빼닮은 무표정한 가족이 여전히 앉아 있고, 마부들은 다시 손을 들어 인사한다.

손님들은?

무슨 소리야 오늘은 허탕이라고.

검게 말라붙은 풀이 가득 자란 오래된 유원지. 갈매기들이 붉은 구름 속으로 들어가 빗줄기가 되어 떨어지고. 우리는 이 유원지를 몇 바퀴째 돌고 있는 걸까. 손가락이 모자를 지경이네. 그리고 또박또박, 늙은 말이 비 맞으며 걷는 소리, 고래가 물속으로 들어가듯, 또박또박 퍼붓는 비. 말보다 까맣고 늙은 마부가 뒤를 돌아보며 말한다. 개미 새끼 한 마리도 없네.

숭고

다리를 끌어본다 세워본다 다시
주저앉아 11월의 가득한 틈새들 사이로 쏟아지는
강철 햇살이 사람들의 발목을 자르는 풍경을 본다
나는 내게 멀리 있어서

아파트 한구석 자전거 보관소에서 나는 눅눅한 쇠냄새
같은
녹거나 기화하는 썩는 계절이구나
몸은 이미 구석구석 시신이구나
낯선 시신을 눕히는 방식으로 나는 나를 멀찌감치 쓴다

당신은 너무 멀리 오셨습니다
나는 돌아갈 수 없게 되었군요
잠과 낮을 잃어버린 채
눈을 감는다 이렇게 어두울 수가 있다니
눈을 뜬다 이렇게 어두워야만 하다니

이 믿음이
이 증오가

마음의 선한 쓸모가 몸속 돌이 아닌 돌이 되어
제아무리 씻겨도 문질러도 둥근 백골은 아니라서

어머니, 뜯긴 옷을 고치는 마음으로
끊긴 발목을 끼우시는
들판의 돌을 깨부수는
그 뒷모습 너머로
뒷모습을 버티는 가는 발목 사이로

가문비나무가 시커멓고 뾰족한 잎사귀를 움켜쥐고
둥글고 짙은 그늘을 만들고 있다
그늘 구석구석 눈부신 발자국들 찍혀 있다

회문

아이와 함께 물장구치다가
물속에서 고장 난 나팔을 불다가
나조차 처음 보는 꽃을 그리고 오려
머리 마주한 책상 위에 놓고선 푸푸 날리다가
지구 반대편의 계절에 대해 꿈꾸듯 이야기하다가
새가 지나간 구름의 맛을 상상하다가
밤이 가시처럼 깔려 차오르면
나는 아이를 배 위에 올려놓고선
배 위에서 뛰는 심장
배 위에서 푸르러지는 폐를
배 위에서 자라나는 머리칼을 생각하며
이 억세기만 한 숨을 참습니다.
붉은 꽃잎 하나 새의 머리를 부수며 떨어지는
야속한 평화의 밤,
나는 그저 최대한 부드럽게
산 적이 없었던 듯 천천히 숨 쉴 뿐.
숨 쉴 뿐, 아주 천천히 생활할 뿐 그런데
생활이라는 게 용서가 없어서 말이죠,
몸으로 마음으로 무릎으로

걷고 걸어야지 발바닥이 말라붙을 텐데
잠시만 멈춰 서도 이내 신발에서 누런 물이 새어 나오죠.
방바닥은 늘 끈적여요. 언젠가
와본 적 있는 지옥인 것 같기도 하고,
내 배 위에 잠든 아이의 눈썹을 매만지면,
난 다시금 숨 쉬는 물속이라서,
문학이란 무얼까요? 삶이란?
실은 이런 고민들 이제 멈춘 지 오래인 듯하고
어머니 얼굴에 흐르는 거친 물결들이 생각나고
이 야속한 평화와 당신과
나무와 물과 불과 내가 내뱉었던 그 말들이
모두 뒤섞인 반죽 덩어리가 되어 출렁,
아직은 밤하늘에 떠 있는 것만 같아서
새는 아직 살아 있어 물뭍으로 내려와
걷고 물장구치는 것만 같아서

마음 전부

이것이 끝나지 않을 것이라는 사실은 이미 알고 있다. 다만 내게 필요한 것은 단 하나뿐이다. 그건 세상에 없던 새로운 비유를 만드는 일 같달까. 아버지의 구석진 장례식장에 온 사촌 동생 부부의 고귀한 옷차림 같은 거랄까. 눈앞에서만 착한 학생들처럼, 나는 한껏 슬퍼했었지. 아니 그런 것보다 더 가치 있는 일일 테다. 마음을 쏟는다는 말은 두 가지로 읽힌다. 최선을 다했거나, 더 이상 쏟을 것 없이 모든 것을 상실했거나.

독산동에 코카콜라 공장이 있을 적, 쉴 새 없이 흘러가는 빈 콜라 병을 바라보는 일을 했었다. 빈 콜라 병 속에 담배꽁초들이 너무 많으면 자동 세척이 불가능하다고, 절반 정도 차 있는 것이 있으면 골라내라고 작업반장이 이야기했다. 나는 저 작은 주둥이로 그 많은 쓰레기를 어떻게 빼내는지 궁금해하며 온종일 병을 바라보았는데, 그 주둥이처럼 작고 검은 눈구멍에서 이렇게나 많은 눈물이 쏟아질 수 있는지는 궁금해하지 않아서

바라보는 일은 끝나지 않을 것이다. 놀이터에서 뛰어

노는 아이들, 개를 데리고 산책을 나온 사람들, 아이의 무릎에 난 흉터, 잠든 아내에게 붙어 있는 생활의 악몽, 겁먹은 채 부유하는 흰 종잇조각들, 그 입구에서 동동거리는 내 뒷모습. 빗소리 거세지고 잠이 오지 않아서 유일한 바깥인 양 책을 펼치면, 난 이미 비의 어두운 눈. 이것은 끝나지 않을 것이지만, 마음 전부로 눈먼 비유 하나 얻고 돌아와 반듯하게 누우면,

마음을 다 쏟은 어리석은 귀신이 내 옆에 물처럼 하얗게 누울 것이다.

선으로부터

5분 후 폭발합니다. 당신은 5분 안에 이것을 다 읽을 수 있습니까. 이미 늦었습니다. 이 문장은 어제의 메모에 있던 말. 폭발했습니다. 이것은 전부 지난 이야기이지만, 지금 당신에겐 현재입니다. 창밖에 안개가 가득합니다. 아닙니다. 가득한 안개는 오늘 새벽의 것이고, 지금은 파랗습니다. 내일은 구름이 새가 되고, 물고기의 눈동자가 되고 물의 글씨가 될 겁니다. 당신의 창밖은 어떤가요. 당신은 읽습니다. 이것은 읽히고 싶습니다. 어느 욕구가 더 강할까요. 각자의 절실함은 다르고, 이것은 폭발할 겁니다. 가족들이 점점 멀어집니다. 찢어집니다. 가족 안에는 사람만 있는 건 아니라서 나는 나의 강아지를 힘껏 껴안습니다. 5분 후 폭발합니다. 그 전에 잠겨 있던 문이 열렸습니다. 오, 상냥한 거인들. 그 전에 발길질이 있었습니다. 그 전에 이미 죽어 있었습니다. 불쌍한 나의 강아지. 넌 나의 유일한 가족이었어. 그날 이후 나는 몸 위로 숱한 선을 그었습니다. 그때마다 몸이 마음을 붙잡으려고 해서, 폭발하지 못했습니다. 이것은 전부 그 선입니다. 이 선을 다 헤아려보세요. 헤아리는 마음. 죽어서도 마음이 넘치면 귀신이 됩니다. 그것과 같은 부족이 됩니다. 당신은 읽었습니까, 헤아렸습니까. 그렇지 않더라도 살아 있습니까. 내일의 비는 파토스처럼 쏟아질 겁니다.

니힐리스트

시작은 언제나 극렬주의자들의 것
그다음은 사람,
괄호 속에 숨어 지켜보다가 생각과 계산 사이에서 일어나는

그리고 끝은 언제나 사랑의 깨진 나팔
엄중한 주름들 사이로
눈먼 두더지 같은 원리주의자가 짓는 온유한 척하는 미소

그 사이에는
지옥보다 뜨겁고 어둡게
마음의 악령들이 흘리는 비탄의 에코
내가 할 수 있는 일이라고는
첫 도둑질에 성공한 아이처럼
서가에서 책을 꺼내 밑줄을 확인하고 다시 꽂아 넣는 일뿐

대설大雪

구름이 찢긴 천처럼 움직인다.
눈이나 비가 올 것이다.
추운 저녁이 될 조짐이다.

구름은 메아리라서,
눈을 감고 손끝으로 매만져봐야 미래를 알 수 있는 법이라고,
신발이 다했다는 옆방 선녀님이
옆에 웅크려 앉아 추위에 빨개진 내 볼을 쓰다듬으며 가르쳐주었다.
나는 선녀님이 내뿜는 담배 연기가
눈바람에 흩어지는 것을 보며 다리를 흔들었다.

밤늦게 돌아온 엄마는 가끔 옆방을 찾아가 소리를 지르곤 했다.

다음 날도 여전히 눈 쏟아지고
쉬지 않고 바람 불고
나는 참나무 둥지에서 아기 새를 떨어뜨리는 어미 새

를 보고 있었다

그것은 몸에 공기를 가득 채우는 것이라고

허공을 채워 날기 위한 것이라고

그리고

고양이를 조심해야 한다고

이 마을에서 처음 본 아이가 말해주었다.

나처럼 볼이 불그스름한 아이였다.

온통 하얘진 나무들이 걷고 있었다.

그 아기 새는 날게 되었을까,

기억이 나지 않지만

나는 어느 시기일까, 삶이 부끄러울 때마다

대책 없이 야위어

숨어 있을 그늘 끌어당길 때마다

낡은 수레 굴러가는 소리를 내며 구름을 찢고

공중에서

눈바람이 내려오곤 했다.

연옥煉獄으로의 한 걸음

류수연
(문학평론가)

1. 다시, 지옥에서

죽음이 뛰어온다, 이전의 삶을 물고선.
나는 황홀의 끝에서 그를 덮고선
당신은 여전히 위험한 모험이군요, 그저
매일의 들판으로
생각하소서, 전진하소서.
하지만 여전히
여긴 피와 먼지가 엉긴 거울들로 가득한 방.
투명한 설탕시럽에 모여드는 개미들을 불사르며 노는 아이들의 동공처럼
저주의 주술을 외며 목구멍으로 말려들어 가는 붉은 혀

처럼

소리들, 빛들이……

그게 외려 사람의 일이라서,

사람의 광기라서.

—「아오리스트」 부분

여기 한 남자가 서 있다. "피와 먼지가 엉긴 거울들로 가득한 방." 더 이상 시간이 흐르지 않아서, 한달음에 달려온 죽음조차 그 멈춘 시간 앞에서 함부로 들어서지 못한 채, 이전 삶을 붙들고 서 있어야 하는 장소. 그곳에서 남자는 어디로 가야 할지 방향을 가늠하지 못한다. 단 한 걸음도 내디딜 수 없어서 그저 주어진 일처럼 자신의 얼굴만을 들여다보고 또 들여다본다. 그리하여 남자에게 남은 것은 오직 광기뿐이다. 그것만이 그가 '사람'이었다는, '사람'이라는, 그리고 '사람'일 수 있는 유일한 증거이기 때문이다.

김안의 네번째 시집 『Mazeppa』는 바로 그 광기를 되찾아가는 과정을 담아낸다. 그런데 아이로니컬하게도 광기를 추구하는 시인의 언어는 느리고, 침착하며, 때로 절제되어 있다. 이러한 언어는 역설적으로 그 안에 잠재된 불안을 노출한다. 어쩌면 이러한 위태로운 균형 감각이야말로 우리에게 가장 익숙한 시인 김안의 내면일지도 모르겠다. 이러한 불안의 징후는 익숙하게, 하지만 이전 작품들과는 다른 결로 다가온다. 그것은 이 시집에서 그가 마침내 그의 지옥을 구성하고 있던 법칙성을 직시하고자 하기 때문이다. 그 출발점은 바로 아오리스트aorist이다.

2. 아오리스트의 세계로

김안의 시는 오랫동안 그를 둘러싼 지옥을 그려왔다. 그런데 『Mazeppa』에서는 새로운 세계가 예감된다. 바로 아오리스트의 세계이다. 그리스어의 시제인 아오리스트는 흔히 '무정 시제'로 지칭된다. 말 그대로 정해지지 않은, 혹은 정해질 수 없는 시제를 의미한다. 하지만 문학에서 아오리스트는 시공간 모두를 함축하는 동시에 그것을 뛰어넘어버린 그 '무엇(죽음)'을 지칭하는 개념이기도 하다.[1] 바로 이 점에서 아오리스트는, 이 시집의 세계에 꼭 맞는 시제일지도 모르겠다. 그곳은 어떤 시간에 갇히지 않은 무정성의 자기 복제를 반복하는 시공간이기 때문이다. 아무것도 정해지지 않았고 또한 그 어떤 것으로도 규정될 수 없어서 오직 그 자체로만 명료할 수

1 파스칼 키냐르는 아오리스트를 '사선'을 넘은 무한한 절대 이동으로 표현한 바 있다. 이는 죽음과 맞닿아 있다. 파스칼 키냐르, 『옛날에 대하여』, 송의경 옮김, 문학과지성사, 2010, p. 186 참조.

있는 세계. 시인은 그곳의 문법을 아오리스트로 규정하고 있는 것이다.

하지만 그는 아직 아오리스트의 세계에 온전히 발을 내디딘 상태가 아니다. 그곳에 가기 위해서는 우선 그를 잠식했던 지옥의 문법에서 벗어나야 한다. 문제는 그가 목도하고 있는 지옥이 단 하나의 공간으로 존재하는 것이 아니라는 점이다. 그것은 끊임없이 생성되는 수많은 지옥의 연쇄이다. 더구나 과거와 미래, 공간과 공간의 경계를 넘어 재생산되는 끝없는 지옥의 현재는 그 어떤 예측도 허용하지 않는 것처럼 보인다. 이 점에서 본다면 김안의 지옥은 어쩌면 '절망'이라고 이름 붙여야 할 무엇일지도 모르겠다.

하지만 시인은 쉽게 좌절하거나 도망치려 하지 않는다. 묵묵히 자신이 할 수 있는 것, 부질없는 것처럼 보이지만 사실은 그만이 할 수 있는 그 무엇을 위해 최선의 시간을 보낸다. 그는 이미 알고 있기 때문이다. 마지막에 마지막까지, 바닥에서 다시 바닥까지 더 파고들어 가고자 하는 열망. 그것이야말로 이 지옥의 법칙을 파훼하기 위한 유일한 저항이라는 사실을 말이다. 그리고 지옥을 벗어나 아오리스트의 세계로 나아가는 길목에서, 시인은 운명처럼 마제파와 조우한다.

마제파는 우크라이나의 영웅, 이반 스테파노비치 마제파Ivan Stepanovich Mazeppa를 가리킨다. 이야기는 사랑에 빠진, 그리하여 함정에 빠져버린 젊은 청년 기사로부터 시작된다. 폴란드 영주 가문의 견습 기사였던 청년 마제파는 아름다운 백작 부인과 사랑에 빠졌고, 그로 인해 발가벗겨진 채 광야로 추방된다. 불명예스럽게 추락해버린 그는, 광야에서 생존하여 극적으로 구출된다. 훗날 우크라이나의 독립 영웅이 되는 마제파의 서사는 이 광야 체험 없이는 설명될 수 없을 것이다.

이 놀라운 반전, 선과 악의 경계에서 마침내 극한을 딛고 일어나 영웅이 되는 한 사내의 드라마틱한 서사는 19세기 유럽 낭만주의 예술가들의 영감이 되어 다양한 작품에 영향을 끼쳤다. 바이런, 빅토르 위고 그리고 프란츠 리스트까지. 이름만으로도 이미 걸출한 문학가와 음악가가 '마제파'라는 동명의 작품을 남겼다는 것은 널리 알려진 사실이다.[2] 문학과 음악을 넘나드는 상호텍스트성을 보여주며 그 자체로 뮤즈가 되어버린 것이다.

그러나 김안이 주목한 것은 영웅의 일대기가 아니다. 오히려 그는 가장 나약했던 한 사내의 이야기에 집중한다. 맨몸으로 버려져 오직 광기만으로 광야에서 살아남은 한 남자. 시인은 이러한 마제파의 생존을 아오리스트

2 이반 스테파노비치 마제파에 대해서는 장유라의 「리스트 〈마제파〉의 포스트 구조주의적 이해」(『음악이론포럼』 18권, 연세대학교 음악연구소, 2011)와 네이버 〈지식백과〉의 여러 사전을 참조하였음을 밝혀둔다.

로 노래한다. 그리고 부끄러울 정도로 피폐해져 한없이 추레해진 한 사내의 초라한 몰골, 그 위에 또 다른 얼굴을 겹쳐놓는다. 그것은 '항상 실패하지만, 그럼에도 전진해야 하는'(「Mazeppa」) 숙명을 지닌 자, 바로 시인 자신의 얼굴이다.

김안에게 지옥은 결코 멀지 않다. 일상의 결에 붙어 있다. 고요히 몸을 감추고 있다가 불현듯, 가장 익숙하고 낯익은 곳에서 자각된다. 시인에게는 바로 술자리가 그러하다. 술과 말이 오가는 그곳에서 그는 언제나 패잔병이다. "어떤 빈곤함의 형상"을 쓰고자 했던 젊은 시절을 뒤로한 채 시인은 "돼지 속살이 타오르는 리듬에/부딪는 술잔"(「시인의 말」)을 마주하고 앉아 있다. 어떤 날은 "서로가 서로를 미워하는" 사람들 틈에서 말없이 앉아 있다가 어느 틈엔가 "혼자 긴 테이블을 차지하고 앉아서"(「코케인」) 비틀거리는 몸을 일으킨다. "마음 없는 전문가들 사이에서 고기나 뒤집다가 마흔이 넘"(「말과 고기」)어버린 오늘이야말로 시인의 현재이다. 이제 그에게 젊은 시절의 열정과 형형함은 빛바랜 사진처럼 흐릿하게 남겨져 있다. 그보다 더 분명한 것은 "기름진 테이블에 둥글게 모여 앉아 머리를 맞대고 곱창을 응시하고 있는"(「뒤풀이」) 살찌고 늘어진 육신뿐이다.

아무렇지도 않게 어제의 문제의식을 외면한 채, 삶을 이유로 변명하며 자기 배에 기름을 두른 채 늙어가는 얼굴. 닮고 닮은 마흔, 초로의 사내, 이 한없이 초라하고 비굴한, 그래서 이미 비루해진 남자의 얼굴. 놀랍게도 시인은 그것이야말로 이 세계의 비극을 만드는 '자기 유사성'과 '순환성'을 가진 지옥의 씨앗임을 잘 알고 있다. 그리고 그 얼굴은 시인이 아닌 그 누구라도 꼭 닮은 모습으로 복제될 수 있다.

> 이 또한 사랑이고 삶이라고 해봤자
> 변명과 술수로 한없이
> 부끄러운 연옥일 뿐이라서
> 문학성이라는 뻔한 밀교일 뿐이라서
>
> —「시인의 말」 부분

그 때문일까? 이러한 그의 얼굴은 일종의 프랙털fractal처럼 느껴진다. 단순한 구조가 끊임없이 반복되면서 복잡하고 묘한 전체 구조를 이루는 기하학적 구조를 지칭하는 프랙털은, 김안의 시가 그려내는 지옥의 모습과 꼭 닮아 있다. 그 지옥을 구성하는 씨앗이 다름 아닌 시인 자신의 얼굴이라는 것이 아이러니할 뿐이다. 시인은 이로부터 더 나아가 지옥을 구성하는 좀더 큰 법칙성을 발견하게 된다. 낱낱의 비루한 얼굴들을 거대한 지옥을 이루는 프랙털로 완성하는 것은 바로 그 자신의 기만이었음을 깨닫게 되는 것이다. 진정성을 잃어버린 언어,

그러한 언어를 치장해온 수많은 "변명과 술수", 그것이야말로 이 "부끄러운 연옥"을 지속시킨 가장 강력한 동력이 되었음을 말이다.

그럼에도 불구하고 시인은 이미 알고 있다. 이 지옥을 벗어날 수 있는 유일한 길은 바로 이 "부끄러운 연옥"을 외면해왔던 자기 자신을 직시하는 것임을 말이다. 그 가능성은 바로 「Mazeppa」의 서사에서 시작된다.

> 나는 듣는다,
> 마지막 우편물에 적힌 주소지에서는
> 내가 모르는 누군가 하얀 국수를 삶고 계란을 풀고,
> 누군가 냉장고 문을 열고,
> 누군가 둥근 식탁에 앉아 누군가와 마주하고,
> 천사가 떨어뜨리고 간 횃불처럼 환해지는 뱃속.
> 나는 나의 귀로 듣는다, 모든 마음이 내 것인 양,
> 바닥으로 떨어지는 그릇,
> 끊긴 기타 줄처럼 뒤엉킨 국수,
> 깨진 거울,
> 선생님, 무엇 하나 지탱할 수 없는 검고 가느다란 언어의 팔을 휘두르는 게 한때 제 직업이었습니다만……
> 듣는다,
> 변명을 시작하기 위한 음소들,

우리가 알고 있는 가장 깊고 어두운 약물의 이름을.

—「Mazeppa」 부분

한 존재의 극단을 마주하게 만드는 공간, 시인은 마제파의 광야를 시공간의 경계를 넘어서는 아오리스트로서 정의한다. 그런데 놀라운 것은 이 세계에서 시인이 자각하는 감각이 바로 '듣기'라는 사실이다. 그리고 그것은 시인의 숙명과도 같은 '쓰기'를 지속하고 지탱할 수 있는 유일한 방법으로 제시된다. 그리하여 시인이 새롭게 얻어낸 극단의 극단. 우리는 이미 그 "가장 깊고 어두운 약물의 이름"을 잘 알고 있다. 그곳에서 우리는 또다시 '시詩'와 마주한다.

3. 파산을 넘어, 마침내

시인은 다시 "피와 먼지가 엉긴 거울"(「아오리스트」) 앞에 서 있다. 그에게 '쓰기'는 더 이상 "검고 가느다란 언어의 팔"(「Mazeppa」)을 휘두르는 일일 수 없다. 거울을 닦아 그 안에 비친 자기 자신의 부끄러움을 오롯이 직시해야 하는 고통스러운 과정이다. 그럼에도 시인이 여전히 시 쓰기라는 숙명을 감내하고 있는 이유는 무엇일까?

그 실마리는 그의 직전 시집인 『아무는 밤』(민음사, 2019)에서 찾아볼 수 있을 것 같다. 이 시집에서 그는 '강박처럼, 딸꾹질처럼 매일매일을 살아가는 자신의 일상'(「딸꾹이는 삶」)을 되짚어본다. "이 딸꾹질은 파산된 노래를 딛고 일어나, 또다시 노래하고자 하는 시인의 고군분투"[3]이며, 세계와 불화하는 그의 시가 그럼에도 행복을 꿈꿀 수 있는 이유이기도 했다. 이 불온한 행복에 대한 가능성은 『Mazeppa』에서 좀더 구체적으로 드러나고 있는 것 같다. 왜냐하면 시인의 혀끝으로 전작의 '파산된 노래들'이 되돌아오고 있기 때문이다.

망각이 용서를 낳는다고 했던가, 그 용서가 영혼을 병들게 만든다고 했던가. 딸아이와 함께 나온 초저녁 산책길에 본, 죽은 나무 그늘 아래 죽은 잿빛 비둘기와, 죽은 새끼 고양이와, 이미 죽어 있던 것들, 갓 죽은 것들. 울던 딸아이를 달래 그네에 태우고 힘껏 밀다 보면 집집마다 뿌옇게 등 켜지고, 딸아이는 죽은 풍경을 잊고, 그네를 타며 작고 둥근 머리를 치켜들고 제 집이 몇 층인지를 헤아리고, 그렇게 높고 가파르게 적재된 가정들 틈에서 나는 선한 의지와 땅과 몸, 얕고 서글픈 역사, 눈 밖에 있는 자들 등만

3 류수연, 「이 지옥에서 여전히 노래하는 이유」, 『현대시』 2019년 11월호, p. 189.

을 딴에 멋지게만 기억하려 하겠지. 어쩔 수 없는 걸까. 과연 그럴까? 그럴 수밖에…… 이 문장을 끝내지 못한 곳에서, 이렇게 함께 너와 느릿느릿 춤추다 어리석게 늙어가면 좋겠다만, 나의 무능과 실패로 짠 지옥이 자칫 네게 시작될 것만 같아서. 차마 이 부끄러움 속을 너와 함께 걸을 수 없어서.

—「이 문장을 끝내지 못한 곳에서」 전문

딸과 함께 나온 산책길에 시인은 수많은 죽음을 목격한다. 잿빛 비둘기와 새끼 고양이. 그는 이 죽음을 제대로 기록할 수 없는 자신의 한계에 고통스러워한다. 바로 그 때문에 시인은 죽음 그 자체에 사로잡히고 만다. 완성되지 못한 자신의 문장 안에 갇히고 마는 것이다. 시인이 차마 끝내지 못한 이 문장을 완성하는 이는, 놀랍게도 그의 딸이다.

이 시에서 아이는 시인과 마찬가지로 수많은 죽음의 또 다른 목격자이다. 그러나 죽음으로부터 일상으로 되돌아오는 그 과정에 있어서는 완전한 차이를 보인다. 아이는 죽음을 두려워하지만, 그것에 휘말리지 않기 때문이다. 죽음과 일상의 거리를, 그 미묘한 간극을 결코 놓치지 않는 것이다. 그 힘은 어디에서 기인하는 것일까?

죽음의 순간 앞에서도 수많은 수사修辭와 비유 안에 갇혀 있던 시인과 달리, 아이는 아무런 여과 없이 온전히 그 죽음에 공감했다. 그리하여 시인이 완성되지 못한 문장 안에 갇혀 있는 동안, 아이는 이미 자신만의 문장을 완성할 수 있었던 것이다. 그리고 시인은 이러한 아이를 통해 '파산된 노래'가 복원될 수 있는 가능성을 엿본다. 기록에 대한 강박을 벗어나, 보이고 느끼는 그대로를 문장으로 만들어내는 힘, 그 진실의 언어. 그것이야말로 파산된 언어를 회복하는 유일한 방법이라는 사실 말이다.

그리하여 시인은 이제야 자신을 둘러싼 지옥 앞에 오롯이 선다. 그리고 자신의 "무능과 실패로 짠 지옥"에 아이를 가두지 않기 위해서, 파산된 노래를 회생시킬 또 다른 시작점을 맞이한다. 그곳에서 마주한 자신의 민낯은 바로 '부끄러움'이다.

> 믿음은 언제 끝날까. 늙은 선생이, 노래방에서 여학생을 껴안고 춤을 추며 몸을 쓰다듬는 장면을 본 날도 그랬다. 모두가 박수를 치고 있었고, 난 마이크를 붙잡고 노래를 부르고 있었다. 낮고 얕은 도덕들. 덜그럭거리다가, 걷다가, 전진하다가 귀를 뜯어버렸었다. 통증은 다친 부위에서 발생하는 것이 아니다. 이상을 감지한 뇌가 보내는 멈추지 않는 비상벨. 씌어진 것과 씌어져야 할 것의 거리. 말해진 것들과 기대하는 말들. 말과 몸이 멀듯, 아프지 않았다.
>
> —「대학 시절」 부분

시인은 고민한다. 지금 여기 이곳을 지옥으로 만든 것은 누구일까? 그것은 오랫동안 묵혔던 낡은 기억으로부터 발견된다. 늙은 선생의 추악함에 눈과 입을 닫아버렸던 그날, 그의 노래는 조용히 파산되고 있었다. 그가 '살기 위해' 외면해왔던, 그리하여 기록되지 못한 채 버려졌던 수많은 죽음들. 그것이야말로 지옥의 문을 연 동력이었던 것이다. "산 적도 없으니, 산 것도 죽은 것도 아니"(「Purgatorium」)라며 죽어가는 모든 것을 조롱했던 이는 다름 아닌 시인 자신이다.

그러므로 그 앞에 남은 것은 텅 빈 노트이다. 거기엔 아무것도 적혀 있지 않다. 하지만 그 공백이야말로 그가 영원히 지울 수 없는 부끄러움이다. 이 텅 빈 노트는 도저히 갚을 수 없는 채무의 기록이기 때문이다. 아이로니컬하게도 이것을 자각한 순간 시인은 다시 노래하기로 결심한다. 그 공백 위에 마땅히 '써야 했던 것들'을 쓰기 위해서 말이다. 이로써 그는 지독했던 파산의 시간을 뒤로한 채, 한 걸음의 전진을 꿈꾼다. 그의 노래는 아직 시작되지 않았고, 그러므로 그는 아직 실패하지 않았다.

눈이 오면 땅은 몸에 박힌 발자국을 밀어낸다.
발자국이 향하고 있는 끝에
네가 있다.

[……]

새 한 마리
제 그림자를 움켜쥐고 날아가자
어둠이 눈발처럼 날리기 시작한다. 이제는 착하게만 살 뿐.
쓸 뿐.
살아내 써낼 뿐.

—「엠페리파테오」 부분

이제 그의 배회emperipateo가 다시 시작된다. 목적이 없어서 목적에 다다를 수 있는 순환의 세계가 열린다. 시인의 앞에 지옥이 온전한 제 모습을 드러낸 것이다. 두려움에 떨며 자기 안에 갇혀 있던 시인을, 파산으로부터 건져 새로운 지옥 앞에 다시금 서게 만드는 그 힘은 무엇일까? 그것은 그의 모든 "발자국이 향하고 있는 끝에" 존재하는 '너', 다름 아닌 그의 딸이다. 이 지옥의 유일한 상속자일지 모를, 그리하여 시인이 야기한 그 파산을 물려받을지 모를, 그의 딸. 그 질긴 유전을 끊어내기 위해 시인은 가장 추악한 자신의 얼굴 앞에 선 것이다.

그리하여 마침내 그의 시는 아오리스트의 시공간 속으로 들어선다. 그는 더 이상 파산을 노래하지 않는다. 그 대신 무정 시제가 야기하는 불가능의 가능성 속에서 자신의 맨얼굴, 이미 추레해질 대로 추레해졌지만 언젠가 품었던 광기의 불꽃이 여전히 남아 있는 한 남자의 얼굴을 확인한다. 그 얼굴을 통해 시인은 혀끝에서 맴도는 "소리들, 빛들"(「아오리스트」)에 남겨진, 아직 소진되지 않은 광기의 흔적들을 마주한다. 그는 자기 앞에 놓인 이 새로운 프랙털을 추적한다. 이로써 그의 시는 다시 시작된다. 그의 지옥이 더 이상 '유전'되지 않도록 하기 위해.

4. 프랙털, 새로운 여정의 시작

시인 김안은 오래도록 '파산된 노래'에 휩싸여 있었다. 그것은 지옥에 안주하지 않기 위한 그의 안간힘이었지만, 그 지옥에 벗어나지 못하는 자신의 한계를 드러내는 것이기도 했다. 그런데 『Mazeppa』는 이에 대한 그의 방법적 쇄신을 보여준다. 이 시집에 이르러 그는 마침내 자신을 둘러싼 지옥을 파훼할 수 있는 자신만의 방법을 발견한다. 그 실마리는 지옥의 프랙털을 이룬 '그의 얼굴'이다. 그것은 한 세계를 이룬 구조인 동시에 다른 세계를 여는 열쇠라는 점 때문에 더 매력적이다. 시인을 가둔 지옥이 '그의 얼굴'로 구조화된 프랙털이었다면, 이 지옥의 법칙을 뒤집을 수 있는 가능성 역시 '그의 얼굴'

에서 시작될 수밖에 없기 때문이다. '그의 얼굴'이 지옥의 씨앗이 될지 아니면 그곳을 벗어날 가능성의 씨앗이 될지, 그것은 오직 시인 자신의 선택에 달려 있다.

여기서 잠시 이 시집의 모티브가 되었을 단테의 『신곡』을 떠올려본다. 『신곡』은 지옥－연옥－천국을 여행하는 여정으로 구성되어 있다. 이 모든 길의 종착점은 천국, 가장 성스러운 공간이다. 하지만 우리 모두가 잘 알고 있듯이 이 작품을 불멸의 고전으로 만든 것은 종교적인 가르침이 아닌, 지옥에서 연옥으로 이어지는 여정 그 자체다. 김안의 시가 보여주는 지옥과 연옥의 모습 역시 그 위에 교차된다. 타락한 세계에 서 있으면서도 '사람'이었다는, '사람'이라는 그리고 '사람'일 수 있는 자기 존재를 잊지 않고자 하는 안간힘. 그것이 바로 김안 시의 본질일 것이다.

그리고 이제 막, 시인은 지옥을 넘어 연옥으로 이어지는 새로운 여정을 시작했다. 그것은 지옥이 되어버린 세계에서 어쩔 수 없는 파산에 내몰렸던 그의 언어가 이제 자기 앞의 지옥을 직시하고 탐구하는 쪽으로 나아가고 있음을 보여주는 것이다. 그는 어떤 가능성을 열 것인가? 그의 시가 좀더 느리고 찬찬하게, 자신만의 광기로 살아 숨 쉬는 연옥을 그려낼 수 있기를 기대해본다. ▨